바다는 우리의

And The Ocean Was Our Sky

하늘이었다

바다는 우리의
And The Ocean Was Our Sky
하늘이었다

글 패트릭 네스 | 그림 로비나 카이 | 옮김 김지연

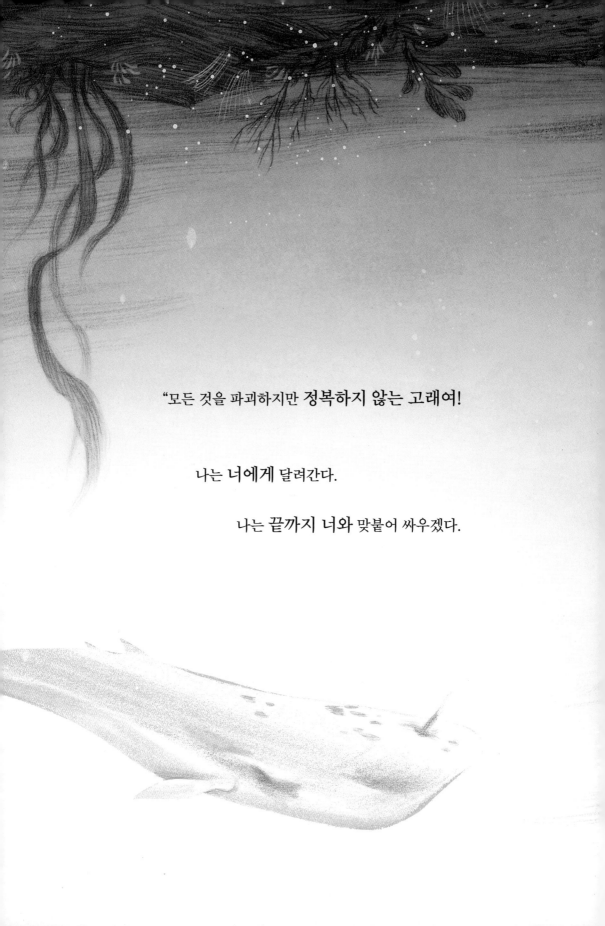

"모든 것을 파괴하지만 정복하지 않는 고래여!

나는 너에게 달려간다.

나는 끝까지 너와 맞붙어 싸우겠다.

지옥 한복판에서 너를 찔러 죽이고,

증오를 위해 내 마지막 입김을 너에게 뱉어주마."

《모비 딕》 허먼 멜빌 지음 | 김석희 옮김 | 작가정신

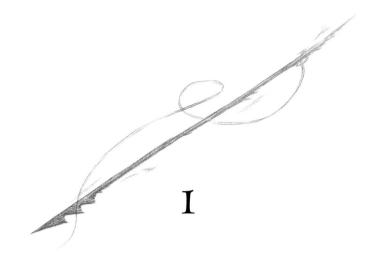

I

나를 밧세바라 불러 다오.

내 본명은 아니지만 지금부터 들려줄 이야기에서는 이 가명을 사용하려 한다. 예언에서도 자유롭고, 미래의 부담에서도 자유로우며, 내 의지와 상관없이 이 세상을 멸망시킬 운명에서도 자유로운 이름을 원하기 때문이다.

과장이 심하다고 생각한다면, 아니다. 당신이 틀렸다.

우리는 예언을 따라 사는 종족이다. 어린 시절, 아직 우리가 사는 바다 너머의 세상에 대해서는 아무것도 모르는 철부지였던 시절, 할머니가 갑자기 내게 이렇게 말씀하셨다. "너는 사냥을 할 것이다."

예언이었다.

"하지만 저희는 사냥꾼이 아닌걸요." 엄마가 두려움과 당황스러움이 뒤섞인 얼굴로 항의했다. 할머니 앞에 서면 엄마는 언제나 그런 얼굴이었다. "저희는 사냥을 하지 않잖아요. 지금껏 사냥을 해 본 적도 없잖아요." 예전에는 희망과 절망이 뒤섞인 엄마의 그런 말투에 울화를 터뜨리곤 했지만, 이제는 떠올리는 것만으로도 가슴이 무너지는 추억이 되고 말았다. "일반적인 사냥을 말씀하시는 게 아니라면요." 엄마가 말을 이었다. "먹고 살려면 누구나 해야 하는 그런……"

"그런 사냥이 아니다." 할머니는 단호하셨다.

할머니가 말씀하시는 사냥은 그런 사냥이 아니었다.

그러면서 할머니는 같은 말을 또 한 번 반복하셨다. 고작 그 네 마디 말 속에 어쩌면 내가 될 수도 있었던 모든 것, 내가 선택할 수도 있었던 모든 미래, 무한한 가능성으로 존재했던 내 삶과 죽음은 영원히 소멸되고 말았다. "너는 사냥을 할 것이다."

그건 예언이었을까? 할머니는 미래를 내다보셨던 걸까? 아니면 예언이라는 것이 으레 강제성을 띠게 마련이듯, 그 말 또한 명령이었을까? 미래를 예측하고 거기에 확신을 가지고 매달릴 때, 그 미래는 얼마만큼 현실이 될까?

이런 의문들이 나를 끈질기게 따라다녔다.

하지만 당시에는 깊이 생각해 볼 겨를도 없이 곧바로 교육 과정에 들어갔다. 엄마는 단 한 번도 할머니 말씀을 거역하지 못했다. 나는 학교에 입학했고 직업 훈련을 받았다. 새로운 삶이 시작됐다. 어느덧 나는 실습 항해사가 될 수 있는 나이인 열여섯 살이 되어 있었고, 이야기는 여기서부터 시작된다. 나는 등에 작살을 동여맨 채 거대한 함선 알렉산드라호를 따라 바닷속을 헤엄쳤다. 우리는 물살을 가르며 항해했다. 아래로는 '심연'이 있었고, 위로는 바다가 우리의 하늘이었다.

어쩌면 이 모든 것이 옛날이야기가 된 지 오래일지도 모르겠다.

계급은 낮아도 열정만큼은 뒤지지 않던 삼등 실습 항해사였던 내 앞에 최후의 사냥이 시작되려 하고 있었다. 전설을, 신화를, 악마를 잡으려는 사냥이.

부디 우리 영혼을 위해 기도해 달라.

이 이야기는 우리가 어떻게 그 악마를 찾아냈는지에 관한 이야기이기 때문이다.

2

"경계하라." 알렉산드라 선장이 명령했다. 전통에 따라 선장의 이름을 딴 우리 배는 그 이름에 걸맞게 대부분의 무게가 알렉산드라 선장의 몸에 실려 있었다. 돛대에 묶인 줄은 우리 풋내기 실습 항해사 셋의 지느러미를 모두 합친 것만큼이나 넓은 알렉산드라 선장의 지느러미에 단단히 감겨 있었다. 알렉산드라 선장은 알렉산드라호를 노련하게 이끌고 나아갔다.

우리는 심연 위를 소리 없이 항해했다. 나는 알렉산드라 선장 옆에서 대각선 방향으로 일등 실습 항해사 트레져보다는 앞쪽에서, 우현을 호위하는 이등 실습 항해사 윌헬미나(우리끼리는 '윌렘'이라고 줄여서 불렀다)와는 나란히 헤엄치며 좌현을 호위했다. 우리는 아래로 보이는 심연의 표면을 훑으며 나아갔다. 심연에서 작열하는 태양 때문에 마치 빛 속을 항해하는 듯한 착각이 들었다.

우리를 뒤따르는 알렉산드라호에서는 선원들이 준비 태세에 돌입했다. 알렉산드라 선장은 사냥감이 가까워졌다고 확신했다. 냄새가 난다고 했다. 냄새라니, 사실상 그건 불가능했지만 지난 몇 달 동안의 항해에서

9

배운 게 있다면 알렉산드라 선장의 말을 의심해선 안 된다는 사실이었다.

의심은 절대 금물이었다. 그때 그 사냥에서 살아남은 이후로 알렉산드라 선장의 명성은 높아졌고 덩달아 악명도 높아졌다. 당시 인간이 던진 작살이 녹이 슨 채로 아직까지도 그녀의 거대한 머리에 꽂혀 있다는 사실을 모르는 이는 없었다. 그녀는 살아남았다. 머리에 꽂힌 작살 때문에 음파 탐지 능력이 일부 손상됐는데도 불구하고 그녀는 선장으로서 승승장구했다. 이 바다에서 알렉산드라 선장이 최고의 사냥꾼이라는 사실을 모르는 이는 아무도 없었다.

"무언가 다가온다." 알렉산드라 선장이 말했다. 시선은 전방에 고정한 채 거대한 꼬리의 움직임에만 가속이 붙었다. "무언가 떠오른다."

"어디지?" 내 오른쪽에서 윌렘이 아래쪽에 있는 새하얀 심연의 표면을 필사적으로 훑으며 속삭였다.

"조용." 트레져가 주의를 줬다. 트레져는 일등 실습 항해사로 우리보다 계급이 높았다. 평소에는 그 사실을 깜박하기 일쑤였지만.

적의 위치를 가늠하느라 우리가 음파를 쏘아 대는 소리로 바닷속이 진동했다. 알렉산드라 선장은 음파 탐지는 전적으로 우리에게 맡겨 둔 채 오로지 자신의 후각과 시각과 투시력에만 의존했다.

"우측 중앙으로 1리그(약 5킬로미터) 이내입니다." 트레져가 보고했다.

"경계하라." 알렉산드라 선장이 거듭 명령했다.

"네, 위치 파악됐습니다." 윌렘이 대답했다.

"우리 밧세바는 어디 있나?" 알렉산드라 선장이 고개는 돌리지도 않은 채 뒤따르던 내게 물었다.

나 혼자만 입을 다물고 있던 탓이었다. 나 혼자만 아직 적의 위치를 파

악하지 못한 상태였다. 나는 이마에서 우측 중앙으로 둥그런 음파를 마구 쏘아 대며 초조하게 반향을 기다렸다. 트레져와 윌렘이 반향을 확인했다고 주장하는 우측 중앙에서는 아무런 소리도 들려오지 않았다. 거듭 음파를 쏘았지만 역시나 허탕이었다. 텅 빈 바다 말고는 아무것도 감지되지 않았다. 나는 사냥에 합류한 지 일 년이 채 안 된 신입 실습 항해사였지만 무능하진 않았다. 초조함이 커져 가는 와중에도 한편으로는 트레져와 윌렘이 알렉산드라 선장에게 잘 보이려고 거짓말을 하는 건 아닐까 하는 의심이 들기 시작했다. 어쩌면 둘은 알렉산드라 선장이 던진 미끼를 문 것일지도 몰랐다. 알렉산드라 선장이 이따금 그런 식으로 경솔한 실습 항해사들을 시험한다는 사실은 나조차 익히 들어 알고 있었다.

"밧세바?" 알렉산드라 선장이 다그쳤다. 위협적이면서도 이 상황을 즐기는 듯한 목소리였다. 나는 맹수에게 생포당해 언제 죽을지 모르는 먹잇감이 된 기분이 들었다.

다시 음파를 쏘았다. 역시나 허탕이었다. 또다시 쏘았다. 그때였다.

나는 왼쪽으로 몸을 휙 돌렸다. "우측 중앙이 아닙니다." 무의식중에 튀어나온 말이었다. 나는 다시 한 번 음파를 쏘았다. 초조했다. 하지만 확신이 있었다. "좌측에서 다시 좌측으로 3리그 지점입니다."

"말도 안 돼." 트레져가 말했다.

"정말이야?" 윌렘이 물었다.

"우리 밧세바가 정확히 맞혔군." 알렉산드라 선장이 거대한 배를 이끌고 좌측으로 돌진하더니 좌측으로 또 한 번 방향을 틀었다.

"찾았습니다!" 트레져가 뒷북을 쳤다.

"상대가 떠오른다." 알렉산드라 선장이 말했다. 그렇게 사냥이 시작됐다.

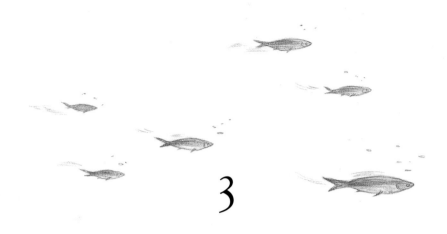

3

여기서 분명히 해 둘 것이 있다. 나는 사냥을 싫어한다.
그러나 그때는 사랑했다. 물론 지금은, 그 모든 일이 벌어지고 난 이후로는, 모두가 다 죽고, 나 혼자 어쩌면 영영 오지 않을지도 모르는 구조를 기다렸던 그때 그 이후로는, 누구도 사냥을 싫어한다는 이유로 나를 비난할 순 없을 것이다.

(하지만 지금도 어딜 가나 짜릿한 무용담을 듣고 싶어 하는 열망 어린 웅성거림과 기대에 찬 눈빛이 나를 따라다닌다. 누구를 위한 짜릿함인가? 적어도 나는 아니다.)

(언젠가 군인들과 이 문제를 토론한 적이 있다. 군인들은 자신들이 전쟁을 미화하듯 사냥을 미화하는 이들이 있다고 시인했다. 그랬다. 그들은 영웅적인 활약을 꿈꿨고 역사적인 인물을 꿈꿨다. 그들은 후손들에게 배는 고파도 주변의 존경을 받는 삶을 물려주겠다는 보이지 않는 자부심이 있었다. 그들은 절망 따윈 전혀 생각지 않았다. 피와 고통 따윈 전혀 생각지 않았다. 전쟁으로 거듭 죽어 가는 마음 따윈 전혀 생각지 않았다. 마침내 전쟁이 끝나기 전까지는 나 역시도 거의 모든 군인들과 마찬가지로 단

호한 침묵 속으로 몸을 숨겼다. 어지간히 분별없는 이가 아니고서야 감히 깨뜨릴 수 없을 만큼 단호한 침묵 속으로.)

　하지만 지금 여기서 마지막으로 내 이야기를 풀어놓으려 한다. 나는 더 이상 그때의 내가 아니다. 말했듯이 그때는 정말로 아무것도 몰랐다. 다만 그때쯤에는 인간이 우리와는 모든 것이 거꾸로인 세상에서 살고 있다는 사실 정도는 알았다. 인간에게는 바다가 아래고 심연이 위였다. 우리가 사는 세상과 인간이 사는 세상은 오직 바다 표면에서만 만났다. 우리 고래들도 저렇게 거꾸로 뒤집힌 세상에서, 인간을 만나려면 헤엄쳐서 아래로 내려가는 게 아니라 위로 올라가야 하는 세상에서 사는 상상을 글로 쓴 작가도 있었다. 그러나 단 한 번도 현실이었던 적이 없는 환상일지라도 인간이 중심이 되는 세상을 상상하는 것 자체가 우리에겐 신성 모독이나 다름없다.

　나는 과거도 배웠다. 고래와 인간 사이의 사냥이 어떻게 수천 년 동안 이어져 왔으며, 서로에 대한 인식이 어떻게 사회를 발전시켰는지를 배웠다. 고래와 인간 사이의 전쟁으로 양쪽 사회는 발전에 발전을 거듭해 왔다.

　한마디로 나는 사냥을 사랑하도록 배웠다. 단순히 사냥 그 자체가 아닌 역사로서, 내 정체성에 새겨진 일부로서 사냥을 사랑하도록 배웠다. 그 결과 나는 사냥을 사랑하게 됐다. 그때쯤엔 사냥을 사랑하게 된 나만의 개인적인 이유도 생겼다. 그러나 어린 고래에게 태곳적부터 인간이 우리를 사냥해 왔다는 사실, 그에 대한 복수로 우리도 인간을 사냥해 왔다는 사실 말고 무슨 이유가 더 필요했을까? 인간 사냥은 고래의 의무였고 예언까지 받은 마당에 나는 기꺼이 내 운명을 받아들였다.

그런데 그때 그 일이 일어났다. 내 이야기를 듣고도 여전히 그 현장에 함께할 수 있었으면 하는 바람이 든다면, 영웅이 되고픈 바람이 든다면, 사냥꾼이 되고픈 바람이 든다면 그건 내가 이야기를 잘못했거나 당신이 어리석거나 둘 중 하나다.

4

우리는 3리그쯤은 순식간에 따라잡았다. 적을 추격할 때의 그 짜릿함, 내가 사냥에서 가장 좋아하는 순간이었다. 우리는 물살을 가르며 전속력으로 헤엄쳤다. 잘 관리된 돛 덕분에 배를 끌고 헤엄치는 알렉산드라 선장의 속도에도 가속이 붙었다. 알렉산드라호에 탑승하고 있는 여섯 선원은 모두 내가 지금까지 살아온 날보다 훨씬 오랜 세월을 바다에서 보낸 이들로 하나같이 노련하고 강인했다. 모든 과정이 일사불란하게 일사천리로 진행됐다. 심연 아래 태양에서 쏟아지는 빛줄기가 바닷속에서 어지러이 춤을 췄다.

온 세상이, 살아 숨 쉬고 있었다.

"작살 준비." 알렉산드라 선장의 명령이 떨어지자 우리 실습 항해사 셋은 재빨리 지느러미를 튕겨 옆구리에 동여맨 작살을 가슴께에 고정된 용수철 발사대에 장전했다. 당시 우리의 기술 수준은 고도로 발전해서 가슴 지느러미 근육에 힘을 주는 것만으로도 작살을 발사할 수 있었다.

"이제 적이 언제라도 보일 수 있습니다." 트레져가 말했다.

"정말인가?" 알렉산드라 선장이 말했다. "우측 중앙까지는 아직 1리그나 남았을 텐데?"

트레져는 결국 입을 다물었다. 알렉산드라 선장이 간과하거나 잊어버린 부분이 있을지도 모른다고 생각하면 오산이었다.

어쨌거나 적은 가까운 곳에 있었다. 이제 음파로 적의 위치를 탐지하기에 내가 가장 유리한 경로에 있었고, 전방으로 음파를 쏠 때마다 돌아오는 반향이 점점 커져 갔다. 아직 적의 모습은 보이지 않았지만 심연의 표면에 갈수록 잔물결과 물거품이 많아지며 우리 시야를 가렸다.

"그물 준비!" 알렉산드라 선장이 뒤따르는 배에다 대고 소리쳤다. 선원들은 선장의 의도를 즉시 알아차리고 그물을 던질 준비를 했다. 우리가 작살을 던져 사냥감이 죽거나 죽음의 문턱에 이르면 선원들이 그 시체를 그물로 건져 올릴 것이다. 사냥감의 시체는 머리부터 발끝까지 요긴하게 쓰일 것이다. 뼈로는 비누를 만들고, 살가죽으로는 돛을 만들고, (우리가 먹을 수 없는) 고기로는 거대한 물고기 떼를 유인하는 미끼를 만들 것이다.

그러나 우리가 사냥을 하는 궁극적인 이유는 사냥당하지 않기 위해서였다. 그들도 마찬가지였다. 사냥당하지 않으려면 먼저 사냥하는 것, 모든 전쟁의 역설이었다.

"저기 있다!" 윌렘이 소리쳤다.

심연의 거품 속에서 마침내······

인간들이 타고 있는 배의 선체가 그 굽은 자태를 드러냈다.

5

알렉산드라 선장이 급작스레 왼쪽으로 방향을 틀어 내 쪽으로 돌진했다. 나는 아슬아슬하게 충돌을 피했다.

"느려 터져서는!" 알렉산드라 선장이 쏜살같이 내 곁을 스쳐 지나가며 쏘아붙였다. 나는 스스로의 아둔함에 욕설을 내뱉으며 알렉산드라 선장의 뒤를 맹렬하게 쫓아갔다. 심연에서 올라온 선체가 완전히 모습을 드러내면 우리는 먼저 그 주변을 빙글빙글 돌면서 선박의 강도와 무게는 얼마인지, 약점은 어디인지부터 가늠하곤 했다. 비록 결론은 언제나 똑같았지만 말이다. 나무판자를 이어서 만든 선박의 볼록한 옆구리는 단단하지만 알렉산드라 선장이 거대한 머리를 부딪치기로 마음먹으면 그 충격을 견딜 수 있을 만큼 단단하지는 않았다.

그리고 알렉산드라 선장이 그렇게 마음먹는 경우는 꽤 자주 있었다.

이런 선박쯤이야 식은 죽 먹기였다. 위험은 적고 잠재적 보상은 큰 사냥감이었다. 언제든 공격에 가담할 수 있도록 알렉산드라 선장의 명령이 떨어지기만을 기다리고 있을 때였다.

"물속에 인간들이 있다!" 트레져가 소리쳤다.

"죽은 인간들이다." 윌렘이 반쯤 넋이 나간 목소리로 말했다. 여기저기서 거품이 걷히면서 우리가 시체 위를 헤엄치고 있었다는 사실이 드러났다. 인간들이 심연에서 물속으로 얼굴을 처박고 있었다. 익사한 인간들에게서만 볼 수 있는 자세였다. 우리 종족이라면 누구나 숨구멍에 산소 방울을 달고 다녔지만 인간들은 아직 산소 방울을 쓸 줄 몰랐다. 산소 방울은 숨을 쉬려면 어쩔 수 없이 심연으로 내려가야만 했던 고질적인 문제에서 우리를 '거의' 해방시켜 준 혁신적인 발명이었다. 산소 방울이 발명되기 전에는 다른 물고기와 달리 우리 고래만 산소가 있어야 호흡할 수 있도록 진화했다는 사실이 재앙으로 느껴지기도 했다. 하지만 그 덕분에 바다를 지배할 수 있게 된 것도 사실이었다. 산소가 우리 혈관과 심장에 따뜻한 피를 흘려보내 뇌까지 충분한 양의 혈액이 공급될 수 있었기 때문이다.

우리는 독립적이고 용맹한 고래였다.

(다만 내가 굳이 '거의'라는 단어를 덧붙인 이유는 이 단어 하나에 우리의 모든 운명이 걸려 있었기 때문이다. 우리는 여전히 가끔씩은 인간 세계로 내려가 숨을 쉬어야 했다. 다시 말해 어떻게든 인간의 눈에 뜨일 수밖에 없다는 뜻이다.)

"무슨 일이 있었던 거죠?" 트레져가 물었다. 당연한 질문이었다. 선박은 멀쩡해 보이는데 선원들은 바다 위에 널브러져 있었다. 이리저리 포개진 채 둥둥 떠다니는 시체 더미를 상어 떼가 물어뜯어 여기저기 흩어 놓았다.

알렉산드라 선장은 트레져의 질문을 무시한 채 알렉산드라호를 끌던 줄을 풀고 앞으로 돌진했다. "시체를 거둬라." 선장의 명령에 선원들이 곧바로 작업에 착수했다. "근처에 다른 무리가 있을지도 모른다."

"다른 무리요?" 윌렘이 주위를 두리번거리며 되물었다. 평소 다른 고래 무리는 친구가 될 수도 있고 적이 될 수도 있었다. 그러나 사냥감이 물속에 있을 때는 이야기가 달랐다. 이럴 때 다른 고래 무리는 적일 뿐이었다.

배의 무게에서 벗어난 알렉산드라 선장의 헤엄치는 속도를 따라잡기란 버거웠다. 알렉산드라 선장은 우리보다 최소 세 배는 컸다. 알렉산드라 선장은 말없이 인간의 선박 주위를 한 바퀴 빙 돌았다. 그러고 나서 한 바퀴 더 돌았다. 우리는 선원들이 시체를 거둬들이는 작업에 방해가 되지 않으려고 선장을 따라 심연에서 멀찍이 떨어져 위로 올라갔다. 전통적으로 우리보다 몸집이 작은 고래들로 구성된 알렉산드라호의 선원들은 비밀스럽고 동시에 없어서는 안 될 존재였다. 선원들은 먼저 이빨로 시체의 머리를 분리해 다른 그물에 따로 모았다. 인간의 이빨은 소화에 도움이 된다는 미신 때문에 순진한 부자들에게 비싼 값에 팔렸다. 사냥이 끝나면 선원들은 밤늦도록 시체를 분해하고 손질하느라 바빴다.

"뭔가가 있는데……." 세 바퀴째 선박 주위를 돌던 알렉산드라 선장이 멈춰 서서 중얼거렸다. "밧세바!" 결코 무시할 수 없는 그 부름에 나는 재깍 선장 옆으로 다가갔다. "저기에 뭐가 있나?"

나는 언제나처럼 알렉산드라 선장이 음파 탐지로 혼자 어디까지 볼 수 있는지, 녹슨 작살이 그의 능력을 얼마만큼 손상시켰는지 궁금해하며 선체를 향해 음파를 쏘았다. 선체는 부드러운 유선형이었다. 인간들은 물의 저항을 줄이려고 언제나 배를 유선형으로 만들었다. 우리 배도 조금 덜 날렵할 뿐이지 크게 다르지 않았다. 조그만 인간들과 달리 우리 몸집이 월등하게 크다 보니 우리 배가 훨씬 편평하고 개방된 구조였다. 우리도 인간처럼 닻과 돛을 사용했다. 아니, 인간이 우리처럼 닻과 돛을 사용했다는 표현이 맞으려나?

어쨌거나 이 선박에는 딱히 특별한 점이 없었다. 항상 그렇듯 선체 표면에 다닥다닥 붙어 있는 따개비들 말고는 딱히…….

딸깍.

"역시나." 선장이 주변을 경계하며 명령했다. "조사해라."

나는 저만치 떨어져 있는 트레져와 윌렘을 쳐다보았다. 트레져와 윌렘은 알렉산드라 선장이 자신들을 제치고 내게 조사를 맡겼다는 사실에 충격을 받은 표정이었다.

"두 번 명령하게 하지 마라." 선장이 말했다.

내게는 선택권이 없었다. 나는 선체 안으로 헤엄쳐 들어갔다.

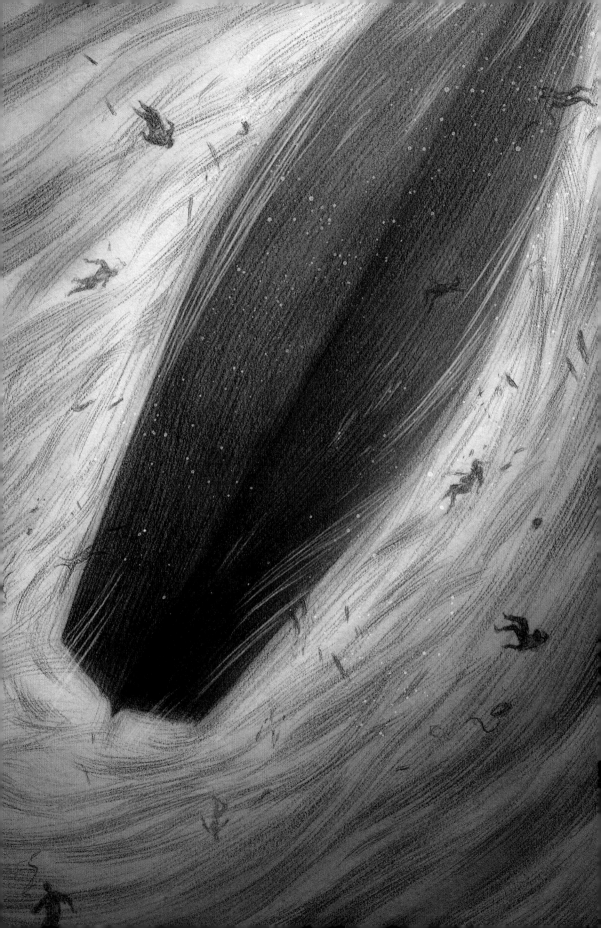

6

내가 발견한 것은 인간에 관한 모든 의문 가운데 가장
호기심을 유발했던, 몇 세대에 걸친 논쟁에 불을 붙였던 바로 그것이었
다. 우리 지느러미에도 비슷하게 생긴 뼈가 존재한다는 사실은 죽은 고래
의 해골을 봐서 익히 알고 있었지만 그래도 인간의 그것은 뼈 모양이 너

무 적나라하게 드러나 있어서 여전히 징그러웠다. 인간들은 가느다란 별 모양의 그것이 주는 이점을 십분 활용했다. 인간은 원시적이기 그지없는 존재였지만 그것을 가지고 있어서 우리보다 훨씬 정교한 배를 만들 수 있었고 몸을 감싸는 천도 짤 수 있었다. 천을 짜는 기술은 인간을 사냥하면서 처음 접한 기술 가운데 하나였다. 하지만 당시에 이미 우리 역사학자들은 이 사실을 삭제하고 우리 스스로 천을 짜는 기술을 터득했다고 우기기 시작했다.

이 모든 것이 인간이 지느러미 대신 손을 가지고 있는 데서 비롯됐다.

이 모든 것이 선체 밖으로 튀어나온 인간의 손 때문에 비롯됐다. 말 그대로 누가 일부러 한 짓이라고 생각할 수밖에 없도록 물 샐 틈 하나 없이 꼭 들어맞는 구멍으로 튀어나온 손 하나 때문에.

망망대해에 튀어나온 손 하나.

그리고 그 손은 무언가를 쥐고 있었다.

7

"어떤 인간의 몸이랑 연결되어 있는 거 아냐?" 모두가 그 손을 쳐다보고 있을 때 윌렘이 불쑥 말했다.

"바보 같은 소리 좀 하지 마. 이건 속임수야." 트레져가 말했다.

"하지만 무슨 속임수가 이래? 배는 난파됐고, 선원들은 죽었어." 내가 말했다.

"하지만 누가 배를 난파시킨 거지? 그리고 누가 선원들을 죽인 거지?" 윌렘이 말했다.

"멍청한 소리들은 이제 그만. 이건 메시지다." 알렉산드라 선장이 역정을 냈다.

"메시지라고요?" 윌렘이 되물었다.

알렉산드라 선장이 갑자기 획 돌아서 꼬리지느러미로 윌렘의 머리를 철썩 휘갈겼다. 그 엄청난 힘에 윌렘이 소용돌이 모양으로 피를 흩뿌리며 나뒹굴어졌다. 알렉산드라 선장이 돌아서서 나를 바라보았다. "그게 쥐고 있는 게 뭐지, 밧세바? 손에 무얼 쥐고 있나?"

나 하나쯤은 언제든 손쉽게 날려 보낼 수 있는 거대한 꼬리를 의식하며 나는 선체 가까이로 헤엄쳐 다가갔다. 속으로는 윌렘의 혼란 섞인 경계심이 맞는 게 아닐까 하는 생각이 들었다. 내 첫 번째 질문에 아직 아무런 대답을 듣지 못했다. 우리가 여태껏 사냥했던 배는 살아 있는 사냥꾼들이 타고 있는 배였다. 가끔씩 다른 고래 무리의 공격을 받고 난파된 배는 본 적이 있지만, 지난 일 년 동안 알렉산드라 선장 밑에서 실습 항해사로 일하는 동안에는 단 한 번도 물속에서 그냥 죽어 있는 인간의 시체를 마주친 적은 없었다. 물론 모두가 알다시피 인간들은 미개했다. 그렇지만 설마 이런 식으로 서로를 죽였을까? 설마 바다 한가운데서 스스로 배를 망가뜨렸을까?

나는 쿵쿵거리는 관자놀이를 진정시키려고 애쓰면서 왼쪽 눈을 선체 밖으로 튀어나온 손에다가 바짝 가져다 댔다. 원한다면 손이 내게 닿을 수 있을 만큼 가까운 거리였다. 하지만 손의 주인이 살아 있을 리가 없었다. 그렇지 않은가?

손은 마치 누군가에게 보여 주듯이 손바닥보다 아주 약간 작은 원반을 쥐고 있었다.

하지만 누구에게 보여 준단 말인가?

"모양은 동그랗습니다. 재질은 금입니다." 내가 보고했다.

"동전인가?" 트레져가 추측했다.

"더 자세히 보고해라." 선장이 요구했다.

"문양이 있습니다." 내가 말했다. "삼각형이 세 개 그려져 있습니다. 산을 뜻하는 걸까요?"

"묘사하랬지 분석하라고 한 적은 없을 텐데."

"아래쪽에 십자 표시가 있습니다." 나는 재빨리 덧붙였다. "바로 옆에는 구부러진 선이 하나 있습니다."

알렉산드라 선장은 침묵했다. 잠시 후 그녀의 입에서 나온 말은 딱 한마디였다. "이동한다." 그 말이 떨어지기 무섭게 알렉산드라 선장은 이미 저만치 멀어져 있었다. 나는 전속력으로 배에서 빠져나왔고, 바로 다음 순간 알렉산드라 선장의 육중한 몸이 선체를 들이박았다. 어찌나 세게 들이받았던지 선체는 곧바로 둘로 갈라졌다. 선박의 나머지 부분을 산산조각 내는 건 알렉산드라 선장에겐 그야말로 일도 아니었다.

손 주위를 둘러싸고 있던 나무판자가 박살 나자 공포에 질린, 아직 생생하게 살아 있는 손의 주인이 모습을 드러냈다. 앳돼 보이는 인간이었다. 인간을 쇠사슬로 결박하고 있던 나무판자가 이제는 그를 죽음으로 끌고 내려가고 있었다. 그 와중에도 인간은 원반을 손에서 놓지 않았다.

그 모습을 가만히 구경하던 우리는 갑자기 숨구멍에서 산소 방울을 만들어 인간의 머리를 감싸 주는 알렉산드라 선장의 행동에 경악을 금치 못했다.

"선장님?" 나는 충격을 받았다.

"네가 삼각형 아래쪽에 선이라고 묘사했던 것은 문양이 아니다." 알렉산드라 선장이 심연의 표면으로 가려고 발버둥 치는 인간의 주위를 맴돌며 말했다. 그녀가 꼬리로 슬쩍 밀었을 뿐인데 인간은 다시 우리 쪽으로 나동그라졌다. "그건 인간들이 사용하는 글자다. T와 W라고 하지."

그 말에 윌렘이 내 쪽으로 헤엄쳐 왔다. 트레져마저도 우리 쪽으로 가까이 헤엄쳐 왔다. 우리 실습 항해사 셋은 알렉산드라 선장의 말이 암시하는 바를 깨닫고 공포에 질렸다.

암시는 곧 사실이 됐다.

"토비 웍의 흔적을 찾았다." 알렉산드라 선장이 쐐기를 박았다.

8

그때는 사냥을 시작한 지 얼마 되지 않았을 때인데도 이
미 수많은 인간을 죽인 뒤였다. 하지만 그전에는 나도 이 운명을 피하고자 노력했었다.

비록 사냥을 하게 되리라는 할머니의 예언이 떨어졌을 때 내게 기분이 어떠냐고 물어봐 준 이는 아무도 없었지만 나는 의연하게 그 예언을 받아들였다. 어린 날의 나는 아마도 그 의연함을 성숙함이라는 잘못된 이름으로 불렀을 것이다. 모든 고래가 그랬듯이 나도 인간을 증오했고, 그 감정에는 타당한 이유가 있었다. 인간들은 무자비하게 사냥을 했고, 사냥의 목적이 필요보다는 오락임을 증명하듯 그 수확물을 제대로 거두어들여 온전히 사용하지도 않았다. 인간들은 심연의 표면 아래에서만 생존할 수 있는 주제에 바다의 지배권을 주장하며 위대한 우리 종족과 사회를 위협했다.

내가 사냥을 했던 이유는 우리 사회에 사냥꾼이 필요했기 때문이다. 게다가 앞에서도 말했듯이 내가 실습 항해사가 됐을 무렵에는 사냥을 해야 하는 나만의 개인적인 이유도 생긴 뒤였다. 그러나 그보다 훨씬 전에 할머니가 내 운명을 예언했을 때에도 아주 조그만 반발심이 존재하긴 했다.

입 밖으로 꺼내진 않았지만 사냥에는 내가 사냥을 하고 싶지 않게 만드는 신화적인 요소가 있었다. 엄마와 할머니는 나를 할머니가 원하는 모습대로, 할머니가 엄마에게 원했던 모습대로 키웠다.

"난 사냥꾼만 되진 않을 거예요. 난 사상가이기도 해요. 그들의 종교는 따르지 않을 거예요." 내 말에 할머니가 말씀하셨다.

"따르게 될 거다." 그건 명령이자 필연이었다.

"따르지 않을 거예요. 바보와 짐승들이나 신화에 목매고 그 악마라는……"

"그 이름은 말하지 말거라." 할머니가 갑자기 내 말을 끊으셨다. " 그 이름은 말하지 마."

"왜요?" 나는 콧방귀를 뀌었다. "불운이 생긴다고요? 그 이름을 입 밖에 내면 악마가 나타나서 잡아간다면서요?"

그건 구닥다리 어른들과 구별되길 원하는 어린 날의 치기 어린 허세였음을 인정한다. 하지만 돌이켜 보면 그때 당시에 나는 생각했던 것보다 훨씬 더 선견지명이 있었다.

"난 사냥을 할 거예요. 하지만 바보가 되진 않을 거예요."

"딸아, 그 이름은 말하지 마." 엄마가 말렸다.

그러나 나는 기어코 말하고야 말았다.

"토비 웍." 나는 한 번도 아니고 여러 번 말했다. 아마도 엄마의 얼굴에 떠오른 괴로움과 할머니의 얼굴에 떠오른 불쾌함을 즐겼던 것 같기도 하다. 나는 악마의 이름을 불렀다. 우리의 괴물. 우리의 신화.

하지만 바보는 누구인가? 나는 그의 이름을 소리 내어 불렀고, 이제 그를 찾아냈다.

9

앳돼 보이는 인간은 우리 포로가 됐다. 처음에 그는 공
포에 질려 거의 익사할 뻔했다. 산소 방울은 우리가 넙치에서 발견한 공기 사용을 연장해 주는 화학 물질과 산호에서 발견한 공기 모양을 유지해 주는 화학 물질을 혼합해서 개발한 산소통이었다. 그러나 아무리 산소 방울이 있다고 해도 물속에서 첫 숨을 내쉰다는 건 힘든 일이었다.

나는 인간이 산소 방울을 제대로 사용할 수 있을지 확신이 없었다. 그런 터무니없는 생각은 해 본 적도 없었다. 적어도 쉽지 않은 것만은 사실이었다.

"그는 어디 있나?" 알렉산드라 선장이 어눌하지만 인간의 언어로 그를 찾았다. 인간의 언어는 상상을 초월할 만큼 어려웠지만 모든 사냥꾼이 필수로 배워야 했다.

인간은 자기보다 오십 배는 크고 오백 배는 무거운 고래의 입에서 (비록 공기 중이 아니라 물속이라 단어가 늘어져서 들리긴 했지만) 인간의 언어가 나오자 까무러치게 놀랐다. 이곳에서는 어디가 위인지도 모르는 인간은 산소 방울을 제대로 다루지 못해서 물을 삼키고 기침을 하고 그 바람에 더 많은 물을 삼키기를 반복했다. 도대체 이런 생물이 어떻게 이 거대한 바다를 항해하기에 스스로 적합하다고 생각할 수 있었을까?

"표면으로 데려가라." 알렉산드라 선장이 내게 말했다.

나는 깜짝 놀랐다. "표면이요?"

알렉산드라 선장이 벌컥 짜증을 냈다. "이제는 선장이 모든 명령을 두 번씩 내려야만 알아먹는 건가? 표면으로 데려가라고 했다."

그만하면 나도 충분히 알아들었다. 나는 잔뜩 겁을 먹은 인간을 입에 물고 (안 그래도 겁에 질려 새하얘진 얼굴이 더욱 새하얘졌다) 심연의 표면으로, 모든 것이 거꾸로인 인간 세계로 헤엄쳐 내려갔다.

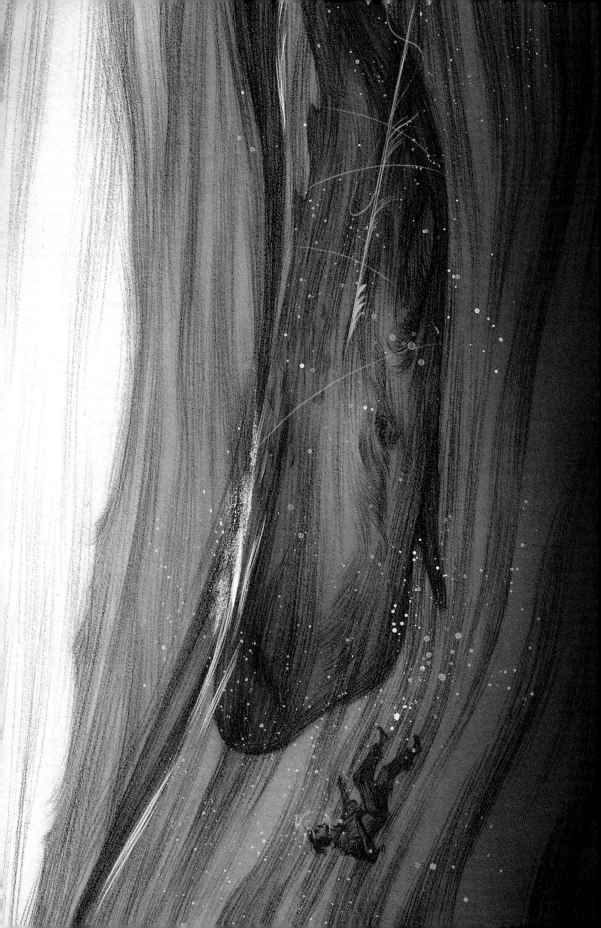

IO

나는 인간을 소중한 공기 속으로 놓아주었다.

그는 오히려 기침을 더욱 심하게 하면서 허우적거렸다. 나는 선장의 명령대로 그를 표면으로 데려오긴 했지만 그다음은 어떻게 해야 할지 몰라 그냥 그의 옆에 머물렀다.

적어도 나 또한 깊이 숨을 쉴 수 있었다.

아, 심연이었다. 몸무게가 바뀌고 위아래가 뒤집히고 자이로스코프처럼 속이 울렁거리는 순간이 어지러이 지나가면 어느 순간 폐 안으로 공기가 훅 들어왔다.

우리는 자랑스럽디자랑스러운 바다 생물이었다. 우리는 바다를 지배했고 정복했다. 우리를 보고 도망치지 않거나 우리의 명령을 따르지 않는 바다 생물은 없었다. 바다는 삶과 경주와 사냥이 이루어지는 삼차원의 완전한 공간이자 최상의 환경이었다. 우리는 바다의 어둠을 밝혔고, 이곳에서 살아가는 모든 물고기를 보호했다. 우리는 우리의 하늘에서 아래로 뻗어 나온 산꼭대기에 위대한 도시를 건설했다.

우리가 곧 바다였다.

하지만 여전히 심연이 우리의 목숨을 쥐고 있었다. 우리는 숨을 쉬어야만 했다. 그래야만 했다. 아무리 산소 방울이 있어도 우리는 모두가 이따금씩 심연으로 돌아가야만 했다.

이것이 우리의 약점이었다.

인간은 허우적거리며 바다에 떠다니던 파편을 붙잡았다. 그가 조그만 파편에 매달려 공기를 들이켜는 동안 나도 공기를 들이쉬며 우리가 발견한 수수께끼를 곰곰 생각했다.

배는 멀쩡하게 떠 있었는데 물속에는 죽은 인간들이 떠다녔다. 다른 고래 무리의 소행 같지는 않았다. 만약 그랬다면 배를 먼저 침몰시키고 시체는 전부 거둬 갔을 테니까. 게다가 여기 이 인간은 옴짝달싹할 수 없는 상태로 손만 물속에 내밀고 있었다. 그 손에 들린 메시지는…… 정확히 누구에게 보내는 메시지였을까? 우연히 그곳을 지나는 아무 고래 무리에게나?

아니면 특정한 고래 무리에게?

이미 말했듯이 알렉산드라 선장은 유명한 동시에 악명도 높았다. 알렉산드라 선장은 우리 항구에서 가장 용맹하고 위험을 마다하지 않기로 유명했다. 이러한 명성은 거저 생긴 게 아니었다. 알렉산드라 선장의 사냥 횟수는 무려 천 회에 달했다. 그녀의 밑에서 일했던 실습 항해사들은 (심연에서 죽지만 않았다면) 모두 최고의 자리에 올라 자신만의 고래 무리를 거느렸다.

나는 가장 낮은 실습 항해사 자리일지라도 알렉산드라 선장에게 선택받기 위해 죽을힘을 다해 싸웠다. 어차피 사냥을 해야 한다면 최고와 함께 사냥할 작정이었다. 하지만 그건 그만큼 위험을 감수해야 한다는 뜻이기도 했다. 당연하지 않은가? 최고의 자리에 오른다는 건 어디를 봐도 내리막길밖에 없다는 뜻이다. 표적이 된다는 뜻이기도 했다. 당연하지 않은가? 최고가 되고 싶다면 이미 최고의 자리에 있는 누군가를 끌어내리는 수밖에 없다.

그리고 아마도 알렉산드라 선장은 고래 세계뿐만 아니라 인간 세계에서 최고의 사냥꾼마저 끌어내리려고 했던 것 같다.

"밧세바!" 심연에 나와 있는 내 기준에서는 밑인 곳에서 알렉산드라 선장의 목소리가 들려왔다. "인간은 회복했나?"

"익사로부터는 회복 중입니다. 두려움에서는 회복할 수 있을지 모르겠습니다." 내가 대답했다.

"그건 내 알 바 아니고. 인간에게 새로운 산소 방울을 주고 다시 데려와라. 인간과 할 말이 있다."

알렉산드라 선장은 할 말을 마치고 알렉산드라호로 돌아갔다. 난파 현장에서 건져 올린 수확물로 알렉산드라호는 만선이었다. 우리 선원들은 나중에 배를 수리할 일이 있을 때 쓰려고 인간의 선체에서 떨어져 나온 파편조차 알뜰히 모아 두었다. 바다에서는 그 무엇도 낭비하지 말지니, 때때로 바다는 사막이 되고 자원은 언제 어디서 보충될지 알 수 없는 노릇이기 때문이다.

나는 인간의 주위를 맴돌았다. 놀랍게도 그는 여전히 그 원반을 손에 꼭 쥐고 있었다. 너무 충격을 받아서 원반의 존재를 아예 잊은 게 아닐까 싶었다. 인간을 다시 데려가려고 입을 벌리는 순간 그가 휘둥그레진 눈으로 나를 보며 비명을 질렀다.

"안 돼, 제발!"

나는 너무 놀란 나머지 하던 행동을 멈췄다. 인간이 우리에게 말을 거는 일은 거의 없었다. 더군다나 실습 항해사에게 말을 거는 일은 드물다 못해 아예 없었다.

"날 죽이려는 거지?" 그가 가쁜 숨을 몰아쉬며 말했다.

"그래." 나는 힘겹게 인간의 언어를 쥐어짰다. "하지만 아직은 아니야. 진정해."

"나는 포로일 뿐이야."

"네 사정엔 관심 없……"

"난 사냥꾼이 아니야. 사냥꾼이 되길 원했던 적은 단 한 번도 없어."

내 목소리가 딱딱해졌다. "모든 인간은 사냥꾼이 되길 원해."

나는 그의 간청을 무시하고 물속으로 끌고 올라갔다.

II

뜻밖이었다. 나는 인간이 하는 말이 하나도 빠짐없이 이해가 됐다.

"다시." 알렉산드라 선장의 인내심이 바닥나고 있었다.

"그는 잡을 수 없어. 나더러 그 동전과 함께 전하라는 메시지는 그뿐이야." 인간의 대답은 알렉산드라 선장의 히스테리를 부추길 뿐이었다.

인간의 대답을 곱씹으며 알렉산드라 선장이 다시 한 번 그의 주변을 돌았다. "다시."

겁에 질린 인간이 나를 쳐다보았다. 내가 뭐라고 말을 하려는데 트레져가 한발 빨랐다. "토비 웍이 선장님을 잡을 수 없다고 했답니다." 트레져가 말했다.

"그게 아니라……" 내가 반박하려는 순간 알렉산드라 선장이 되물었다.

"나를 잡을 수 없다고?" 기분 좋은 듯한 목소리였다.

"송구하지만 선장님, 토비 윅이 자신을 잡지 못할 거라고 말했다는 것 같습니다." 내 말에 알렉산드라 선장은 기분이 급격히 나빠진 듯 보였다. 나는 트레져를 흘깃 쳐다보며 다시 말했다. "아마도 우리를 도발하려는 것 같습니다." 내 말이 끝나기 무섭게 트레져가 다시 반박했다.

"밧세바가 틀렸습니다. 토비 윅은 선장님이 바다에서 최고라는 사실을 알고 있습니다. 도발이 아니라 존경의 표시입니다."

"토비 윅은 실존하지 않아. 우리를 꾀어내려는 속임수야." 내가 발끈했다.

"당연히 속임수지. 하지만 그렇다고 해서 다른 의미를 찾을 수 없다는 뜻은 아니지." 알렉산드라 선장이 입을 열었다.

"지금 무슨 얘기를 주고받고 있는 거야?" 고래의 언어로 이야기하는 우리에게 인간이 물었다.

"네가 한 말이 무슨 뜻인지 토론하는 중이야."

나는 아무 생각 없이 대답했다. 그런데 다음 순간 나를 빤히 쳐다보는 모두의 시선이 느껴졌다. 트레져는 질투심에, 윌렘은 두려움에 휩싸인 듯했다. "언어 능력이 출중하구나, 밧세바." 알렉산드라 선장이 말했다.

"제 할머니가 선생님이셨습니다." 사실이었다.

"그랬군. 지금부터 너를 우리 통역관으로 임명한다."

"선장님······"

"그러나 더 이상의 실수는 용납하지 않겠다." 알렉산드라 선장이 배를 끄는 줄 아래로 유유히 헤엄치며 경고했다. "나도 인간이 뭐라고 하는지 들었다. 잡을 수 없는 건 나다. 메시지는 그런 뜻이었어. 내 말이 맞나, 밧세바?"

내게 무슨 선택권이 있겠는가? 나는 고작 실습 항해사일 뿐이었다. 그 대답이 모두를 죽음으로 몰아넣는 첫걸음이 될 줄 내가 어떻게 알았겠는가?

"맞습니다, 선장님. 제 실수입니다." 내가 대답했다.

"그럴 줄 알았다. 자, 이제 사냥을 하려면 어디로 가야 하는지 알아내라."

12

인간은 그를 태운 배가 사냥에 나섰다가 말로만 듣던 토 비 윅과 그의 유명한 흰색 함선을 우연히 마주쳤다고 했다. 아니, 그렇게 추측했다고 하는 편이 정확한 표현이겠다. 그는 선창에 갇힌 포로 신세라 토비 윅의 털끝 하나 보지 못했기 때문이다. 무슨 죄목으로 잡혀 있었냐는 질문에 그는 대답을 얼버무렸다. 어쨌든 토비 윅은 바다에 메시지를 남겨 두길 원했고, 인간이 타고 있던 배에 그 일을 해 줄 것을 요구했다.

그러나 토비 윅과 그 배의 선장 사이에 무언가가 어긋났다.

"사람들의 비명이 들렸어. 죽어 가고 있었지. 선장이 내가 갇혀 있는 곳까지 직접 내려와 구멍 하나를 뚫고 내 손을 거기다가 집어넣었어. 그런 다음 만일 내가 살아남는다면 전하라면서 아까 그 메시지를 알려 주었어. 다른 말은 없었어. 선장은 다시 갑판 위로 올라갔고 그게 내가 본 선장의 마지막 모습이었어."

"선장은 어떻게 됐는데? 나머지 선원들은?" 내가 물었다.

"말했잖아, 난 모른다고." 나와 눈이 마주치자 그는 공포에 떨었다. "하지만 토비 웍이 살인자라는 사실을 모르는 사람은 없어."

"토비 웍은 신화일 뿐이야. 너흰 단지 적대적인 무리에게 당했을 뿐, 그게 다야. 자, 이제 그 동전에 대해 말해 봐."

그 동전은 우리가 인간의 손에서 겨우겨우 빼앗아 갑판 아래 보관해 둔 뒤였다.

"그건 지도야. 삼각형은 산을 나타내지." 그가 말했다.

"바다에는 수많은 산이 있어." 내가 말했다.

"부탁인데, 너무 추워." 그가 말했다.

나는 깜짝 놀랐다. 맞다. 인간에게는, 추운 게 당연했다. 우리는 심연의 표면에서 아주 멀리 떨어진 깊은 곳까지 헤엄쳐서 올라와 있었다. 높아진 압력 탓에 그의 산소 방울이 쪼그라들지 않도록 계속 신경을 써야 했다. 게다가 우리는 이제 빠른 속도로 이동하고 있었기 때문에 몸에 부딪치는 물살이 그의 소중한 체온을 앗아 가고 있었다.

나는 앞에서 배를 끌고 있는 알렉산드라 선장에게로 다가갔다. "체온을 높여 주지 않으면 인간이 곧 죽을 것 같습니다." 내가 말했다.

"죽든 말든 그건 내 알 바 아니다. 나는 원하는 정보만 얻어 내면 그만이야."

"그가 죽으면 정보도 같이 사라집니다. 인간에게는 우리 같은 지방이 없습니다. 죽는 건 시간문제입니다."

알렉산드라 선장이 한숨을 쉬었다. "선창에서 난방게 한 마리 가져가

도록."

"두 마리가 더 낫지 않……"

그 순간 알렉산드라 선장의 꼬리지느러미가 내 머리를 강타했다. 그 충격에 이빨이 맞부딪쳤다.

"한 마리." 알렉산드라 선장이 힘주어 다시 말했다.

머리에 욱신거리는 통증을 느끼며 나는 배로 헤엄쳐 돌아가 선원 하나에게 난방게 한 마리만 가져다 달라고 부탁했다. 그리고 인간의 가슴팍에다가 난방게를 던지다시피 뱉었다. 인간은 자기 몸에 달라붙는 난방게를 보고 비명을 질렀지만 돛대에 묶여 있는 상태라 도망을 갈 수도 없었다. 난방게의 배에서 화학 반응으로 조그만 온기가 발생한다는 사실을 깨닫고 나서야 비명도 잦아들었다.

인간이 숨을 헐떡이는 바람에 그의 산소 방울이 다시 쪼그라들었다. 나는 이번에도 어쩔 수 없이 내가 쓸 산소를 나누어 주었다. "숨을 계속 그렇게 거칠게 쉬다간 익사할걸." 내가 말했다.

"물구나무를 서 있는데 똑바로 서 있는 기분이야. 정말 이상해."

"그게 이 세계의 법칙이야. 우리도 저쪽 세계로 넘어가면 똑같은 기분이 들어."

"내가 미친 건가. 이건 악몽이야, 현실일 리 없어." 그가 말했다.

"그럴지도. 하지만 그걸 끝내는 건 너한테 달렸어."

"네 말은 모든 걸 털어놓고 죽으란 뜻이겠지."

"그래, 그런 뜻이야. 하지만 죽는 방법도 여러 가지가 있지. 빨리 죽을 수도 있고, 천천히 죽을 수도 있고."

"인간과 고래가 대화를 하면 둘 중 하나는 반드시 죽는다." 마치 오래된

속담을 이야기하듯 그가 말했다.

"언제나 그런 건 아니지. 평화 협상도 있으니까."

"실패했지. 전부 다."

"너희 인간이 우리를 사냥했잖아."

"너희 고래가 우리를 사냥했잖아."

"그래, 언제나 이런 식이었지. 앞으로도 그럴 테고. 자, 이제 그 메시지에 대해서나 더 말해 봐. 빨리 말해 주면 좋겠네."

인간은 불현듯 자신의 운명을 받아들이고 체념한 듯 몇 차례 더 숨을 들이마시더니 마침내 입을 열었다. "동쪽-남쪽-동쪽으로 가야 해."

"이건 누구한테 들으셨나? 설마 토비 윅한테 직접?" 내가 조롱하듯 말했다.

"물론 그건 아니야."

"당연히 그렇겠지, 토비 윅은 옛날이야기일……"

"내가 쇠사슬에 묶인 채 선창에 갇혀 있는 동안 누군가가 배를 공격했어. 선장이 자기 배의 선체에 직접 구멍을 뚫으러 내려왔을 때 그는 피투성이였어."

"산에 대해 말해 봐. 우리 선장님이 알고 싶어 하시니까."

"세 번째 산이 있는 해변에서 기다려야 해."

"해변이라고? 이 산들이 심연까지 뻗어 있단 얘기야?" 내가 물었다.

"뭐라고?"

"너희 세계 말이야. 공기가 있는 아래쪽."

"공기가 있는 위쪽이겠지." 그가 내 말을 정정했다.

"관점의 차이일 뿐이야, 안 그래?"

"우리가 사는 곳을 너희는 그렇게 부르니? 심연이라고?"

"그래. 몰랐어?"

"몰랐어. 그저……" 그는 스쳐 지나가는 바닷속 풍경을 바라보았다. 짙푸른 바닷물, 차갑고 어두운 봉우리, 아스라이 어둠을 밝히는 우리 도시의 불빛, 별이 총총 박힌 우리의 하늘. "우린 여기를 심연이라고 불러."

"정말이야? 하지만 여기에 얼마나 많은 생물이 사는데." 나는 진심으로 깜짝 놀랐다.

"밧세바!" 알렉산드라 선장이었다.

지금까지 알아낸 정보를 보고하러 선장 쪽으로 헤엄쳐 가려는데 등 뒤에서 이상한 단어 하나가 들려왔다. "뭐라고?" 내가 돌아서며 물었다.

"드미트리우스, 내 이름이야." 그가 말했다.

나는 잠시 동안 가만히 그를 바라보았다. 내 눈앞에 있는 적을. 사냥감을. 우리가 이룩한 모든 문화의 중심에 있을 정도로 끈질기게 우리 삶을 위협해 온 존재를. 아무런 생각 없이 죽이곤 했던, 생각을 한다 한들 스쳐 지나는 물결만도 못했던 생명체를. 겁에 질린, 안쓰러울 정도로 작은 인간을. 처음에는 인간의 포로였다가 지금은 우리의 포로가 된, 정식 선원도 아닌 자를.

사냥꾼이 되길 원했던 적이 단 한 번도 없다고 했던 자를.

"밧세바." 무의식중에 내 입에서 흘러나온 내 이름에 나는 흠칫했다. 나는 서둘러 자리를 떴다.

13

내가 믿지 않았던 이유, 토비 윅을 신화로만 취급했던

이유를 여기서 딱 한 번만 말하려 한다. 그 이상은 내 심장이 견디지 못할 테니까.

첫 사냥에 나서기 전 훈련 이태째에는 배를 만든다. 배가 침몰할 때 실습 항해사의 도움이 필요한 일이 생길지 누가 알겠는가? 배를 만드는 곳은 인간들에게는 배의 무덤이라 불리는 곳(이 무덤에서 우리는 배를 만드는 데 필요한 재료를 대부분 얻곤 했다)과 가까이 위치한 만이었다. 내 고향에서는 워낙 머나먼 곳이라 주로 이곳까지는 크게 무리를 지어 여행하곤 했다. 인간들은 심연의 연안을 순찰했고 우리는 우리의 연안을 순찰했지만 누구의 안전도 장담할 순 없었다.

엄마는 내가 잘하고 있는지 보러 오겠다고 했다. 엄마가 날 걱정하는 건 알고 있었다. 엄마는 내게 보낸 편지에서 그런 걱정을 내색하지 않으려 애썼지만 그 은폐의 흔적마저 엄마에 대한 그리움을 불러일으켰다.

나는 (다른 훈련생들과 마찬가지로) 작은 저장선을 만들었다. 인간들의 배의 무덤을 자유로이 헤엄치며 나는 저장선을 만들 나무판자 하나하나를 손수 모았다. 이쪽 바다는 인간들이 타는 커다란 함선이 툭하면 태풍에 휩쓸려 침몰하는 구간이었다. 태풍 속에서 항해하는 법도 터득하지 못했다는 사실은 인간들의 미개함 중에서 그나마 덜 미개한 부분이었다. 나는 내가 만든 조그만 저장선이 자랑스러웠다. 얼른 엄마에게 내가 얼마나 잘하고 있는지 보여 주고 싶은 마음이 굴뚝같았다. 그때까지만 해도 나는 내 운명을 잘 따라가고 있는 것처럼 보였다. 그래서 엄마의 걱정을 덜어 줄 수 있을지도 모른다고 생각했다.

엄마는 여행하는 고래 무리에 섞여 함께 출발했고, 나는 엄마가 도착하기를 기다렸다. 기다렸다. 또 기다렸다. 그리고 마침내 먼바다에서 배 만드는 법을 가르쳐 주시는 선생님이 다급하게 내 쪽으로 헤엄쳐 오셨다.

"물속에 피가." 선생님은 단지 그렇게 말씀하셨을 뿐이었다. 하지만 나는 이미 힘껏 꼬리를 밀며 저만치 헤엄쳐 가고 있었다. "너무 늦었어!" 등 뒤로 선생님의 외침이 들렸다. 말을 그렇게 하셨어도 선생님은 내 뒤를 따라오고 계셨다. 그런 선생님을 난 언제나 존경했다.

우리는 학살 현장에 가장 먼저 도착했다.

엄마와 함께 여행하던 고래들은 거의 대부분 죽어 있었고, 인간들은 벌써 그 특유의 마구잡이식으로 사냥감을 수확하고 있었다. 엄마는 아직까지 도망치고 있는 몇 안 되는 고래 중 하나였다. 나는 음파 탐지로 엄마부터 보았다. 그러고 나서 엄마를 쫓아가는 보트를 보았다. 보트를 탄 인간들은 복수심에 불타 이성을 잃은 듯한 모습이었다.

엄마는 가끔씩 날 화나게 할 정도로 멍하니 딴생각에 잠겨 있곤 했다. 아빠가 일을 도와주던 농장에서 돌아오지 않은 것도 엄마의 그런 모습 때문이라고 비난을 퍼부은 적도 있었다. 하지만 정신을 오롯이 집중할 때면 엄마는 뛰어난 운동 신경을 자랑했다. 엄마는 인간들을 따돌릴 수 있었다. 그러고도 남았다.

"엄마!" 나는 큰 소리로 엄마를 부르며 속도를 높였다. 나 자신을 끔찍한 위험에 노출시키는 행동이었다. 정신을 가다듬고 음파 탐지로 다시 보니 엄마의 몸에는 이미 작살이 꽂혀 있었다. 그것 때문에 엄마는 인간의 손이 닿지 않는 바다 깊숙한 곳으로 도망치는 데 어려움을 겪고 있었다. 하지만 이제 엄마와 보트의 격차는 점차 벌어지고 있었다.

"밧세바! 도망가!" 엄마의 외침이 들렸다.

엄마가 내 시야 안으로 들어오고 나서야 나는 그 이유를 깨달았다. 배가 한 대 더 있었다. 보트가 아닌 거대한 함선이 미처 생각지도 못한 방향에서 심연을 무자비하게 가르며 다가오고 있었다.

"돌아가!" 그게 엄마의 마지막 말이었다. 곧바로 인간들이 엄마를 덮쳤다. 선생님이 그 거대한 몸뚱이로 내 앞을 가로막지 않았다면 나는 앞뒤 재지 않고 엄마에게로 달려가 똑같은 운명을 맞이했을 것이다. 그 대신에 나는 인간들이 엄마를 무참히 살해하는 모습을, 그 마구잡이식 도륙으로 고통을 한껏 연장시키다가 엄청난 양의 쓰레기를 남기고 마침내 상어 떼에게 그 고깃덩이를 던져 주는 광경을 고스란히 지켜볼 수밖에 없었다.

상처받은 건 나 혼자만이 아니다. 나 혼자만 아프고 슬픈 척하려는 생각도 없다. 인간의 행동은 직접적이든 간접적이든 모든 고래에게 영향을 미친다. 나는 (여전히 뛰고는 있지만) 망가져 버린 심장을 내 안에 꼭꼭 숨겼다. 눈에 보이진 않지만 주변에 있는 바닷물을 부글부글 끓게 만드는 깊디깊은 분화구처럼.

그들은 대가를 치를 것이다. 그 어떤 대가도 충분하지 않다.

그리고 지금 여기서 내가 '그들'이라고 지칭한 이유를 말하려 한다.

토비 윅과 그의 거대한 흰색 함선에 관한 신화는 정말로 토비 윅 한 사람을 가리키는 것일까? 토비 윅이 엄마를 죽인 그 함선의 선장이었을까? 그 함선도 흰색이었다. 선체에 붙은 따개비 때문에 그렇게 보였던 건지는 몰라도.

하지만 아니다. 나는 내 두 눈으로 엄마의 죽음은 보았지만 악마는 보지 못했다. 엄마를 죽인 인간들밖에 보지 못했다.

인간이다. 신화가 아니다. 엄마를 공격한 건 신화적 존재가 아니라는 것만큼은 확실하다. 그때 내 옆에 계시던 선생님조차 그만한 크기의 고래 무리를 학살할 수 있는 건 토비 윅뿐이라고, 그토록 용맹한 고래 무리를 학살할 수 있는 건 악마뿐이라고 말씀하기 시작하셨다.

그러나 내 두 눈으로 똑똑히 보았다.

신화 뒤에 숨은 진실은 이렇다. 모든 인간이 곧 토비 윅이다.

인간이 있는데 굳이 악마라는 존재가 필요할까?

14

우리는 살인적인 속도로 동쪽-남쪽-동쪽으로 이동했다. 알렉산드라 선장이 거대한 몸에 배를 묶은 채 앞장섰고 우리 실습 항해사들은 각자 위치에서 뒤따랐다. 선원들이 돛을 조종하는 동안 배가 경로를 벗어나지 않도록 유지하는 것이 우리 임무였다. 알렉산드라 선장의 부담을 덜어 주기 위해서였다.

그다지 신나는 일은 아니었다.

"인간은 거짓말을 하지 않아?" 윌렘이 우리의 인간 드미트리우스가 묶여 있는 돛대를 흘끔 바라보며 말했다. 나는 아직까지 일부러 드미트리우스를 생각하지 않으려 하고 있었다.

"맨날 하지. 인간의 문화가 거짓말에 기반하고 있는걸. 절대 믿을 수 없는 족속이야. 절대." 트레져가 대답했다.

"그렇다면 선장님은 왜 저 인간의 말을 곧이곧대로 따르시는 건데?" 나는 확신에 찬 트레져의 말투가 어딘지 모르게 거슬렸다.

"선장님은 그렇게 호락호락하지 않으셔. 거짓말이라는 걸 알면서도 만약을 대비하시는 거야." 트레져가 대답했다.

"어떻게?" 윌렘이 순진무구한 얼굴로 물었다. 어쩌면 순진무구한 척하는 걸지도 몰랐다. 알렉산드라 선장의 이등 실습 항해사 자리까지 꿰찬 고래가 결코 멍청할 리 없었다.

"그걸 알면 내가 선장이게!" 트레져가 받아쳤다. 내 이야기를 듣고 트레져가 무례하고 편집증 있는 아첨쟁이처럼 느껴졌다면 그건 그녀가 실제로도 무례하고 편집증 있는 아첨쟁이이기 때문이다. "이등 항해사면 이등 항해사답게 분수를 지켜."

윌렘이 내 쪽을 건너다보며 슬쩍 윙크를 했다.

"생각해 봐. 우리가 토비 윅을 잡는 최후의 승자가 되는 거야. 알렉산드라 선장님이 달성할 전설의 일부가 되는 거야. 우리가 전설이 되는 거라고." 미래의 영광에 도취된 듯 트레져의 눈동자가 반짝거렸다.

"어쩌면 그 원반은 상징일지도 몰라. 어쩌면 그건 산을 나타내는 게 아닐지도 몰라. 세 명의 실습 항해사를 나타내는 거야. 그 원반은 인간들이 화폐로 쓰는 소중한 금속이잖아. 어쩌면 그 세 개의 삼각형은 토비 윅이 치러야 할 대가가 알렉산드라 선장 밑에 있는 실습 항해사 셋임을 나타내는 걸지도 몰라." 윌렘이 반쯤 꿈을 꾸듯 말했다.

"틀렸어. 그 원반은 예언이야." 트레져가 윌렘에게 말했다.

예언이라는 단어에 나는 마음속으로 신음을 뱉었다. "모든 게 다 예언은 아니야."

내 말에 트레져가 벌컥 화를 냈다. "인간이 타고 있던 배의 선체를 뚫고 나온 손이 의미하는 건……"

"우리는 알 수 없……"

"세 개의 산이 있는 곳에서 우리 모두 운명을 맞닥뜨리게 되리라는 거야. 윌렘의 말도 일리가 있어. 삼각형 세 개는 우리 실습 항해사 셋을 뜻하는 거야. 원반은 선장님을 뜻하고. 그리고 토비 윅은 우리 손에 멸망하겠지. 그건 가장 순수한 형태의 예언이야."

우리는 언제나 그런 식으로 말했다. 가장 순수한 형태의 예언이라니. 그게 도대체 무슨 뜻이란 말인가? 예언이 순수하려면 사실이어야 한다. 하지만 그렇게 되면 예언은 더 이상 예언이 아니다. 그런데도 우리는 예언을 쫓는다. 예언의 정확성 또는 순수성이란 결국에는 그 예언을 믿는 자가 스스로 그 기대를 쫓아 행동할 때 실현되는 것임을 직접 목격한 뒤에도 말이다.

우리는 세 개의 산이 있는 곳으로 갈 것이다. 그곳에서 우리의 운명을 맞닥뜨리게 될 것이다. 하지만 그걸 현실로 만든 건 원반일까 아니면 우리의 끈질긴 집착일까? 세상이 암흑 속에서 종말을 맞이한다면 그건 예언 때문일까 아니면 맹목적인 믿음으로 그 예언을 현실로 만들어 버린 광신도들 때문일까? 아니, 그 둘 사이에 차이점이 있기나 한 걸까? 언제나 마음속에 꼭꼭 숨겨 두었던 두려움이 내 안에서 고개를 들었다.

15

다음 날 트레져가 불현듯 의무감에 사로잡혀 텅 빈 바다
를 수색하기 시작했다. 딸깍딸깍, 트레져가 음파를 쏘는 소리가 들려왔다.
이윽고 트레져가 이 모습을 지켜보던 알렉산드라 선장에게로 헐레벌떡
다가갔다. 다음 순간 둘이 동시에 우리 쪽으로 몸을 돌렸다.

"회담이다. 다른 고래 무리가 접근한다." 선장이 말했다.

그러자 선원들은 즉시 알렉산드라 선장이 배를 끌던 줄을 풀 수 있도
록 돛을 내려 속도를 늦췄다. 우리는 각자 재빨리 전열을 가다듬고 최선
의 방어 태세에 돌입했다.

"밧세바, 너는 가서 포로를 숨겨라." 알렉산드라 선장이 명령했다. 그녀
의 거대한 이마가 내 위에 위협적으로 군림했다. "예정받은 자를 제외하
곤 그 누구도 토비 웍의 예언을 들어선 안 된다." 예언은 어느덧 비밀로 해
야 할 만큼 귀중한 것이 되어 있었다.

"네, 선장님. 그런데 저희가 현재 있는 곳이 투명한 바다여서……" 내 말
이 미처 끝나기도 전에 알렉산드라 선장이 말했다.

"선창으로 데려가라."

너무 놀란 나머지 내 숨구멍에서 산소 방울이 쏟아져 나왔다. "하지만
선장님……"

아무런 예고 없이 알렉산드라 선장이 입을 벌려 내 머리를 물었다. 우
리 종족 사이에서 그보다 더 수치스러운 일은 없었다. 가슴속에서 분노가

솟구쳤지만 복종 말고 내가 할 수 있는 일은 없었다. 곁눈질로 보니 윌렘과 트레져가 두려움에 떨면서도 고소하다는 표정으로 나를 바라보고 있었다.

"넌 복수심에 불타는 눈을 하고서 날 찾아왔지, 삼등 항해사." 알렉산드라 선장이 으르렁거리다시피 말했다. "날 찾아와선 물에서 목숨을 바치겠다고 약속했다. 그런데 어찌 된 영문인지 그 복수를 실현시켜 주려는 내 명령을 곧이곧대로 듣는 대신 내 명령에 토론의 여지가 있다고 믿는 것 같군. 이번이 두 번째다. 세 번째는 용납하지 않겠다."

"네, 선장님." 나는 고통스럽게 대답했다.

"포로를 데리고 선창으로 가라. 그를 살려 두는 게 네 임무다. 실패할 경우 너는 더 이상 삼등 항해사가 아니다."

알렉산드라 선장이 나를 놓아주었다. 그녀의 이빨이 박혔던 자리에서 가느다란 핏줄기가 흘러내렸다. 언제나 눈치를 보며 우리 뒤를 따라다니는 청상아리 떼가 피 냄새를 맡고 살짝 흥분하는 듯했지만 바로 전날 인간의 시체를 잔뜩 포식한 뒤였다.

나는 수치심을 느끼며 포로에게로 다가갔다. "무슨 일이야?" 그가 물었다. 나는 아무런 대답 없이 입으로 그를 물었다. 너무 거칠게 무는 바람에 그가 비명을 질렀다. 돛대에서 잡아 뜯다시피 그를 데리고 나는 뱃고물로 헤엄쳐 갔다.

그를 입에 문 채 나는 선창으로 들어갔다.

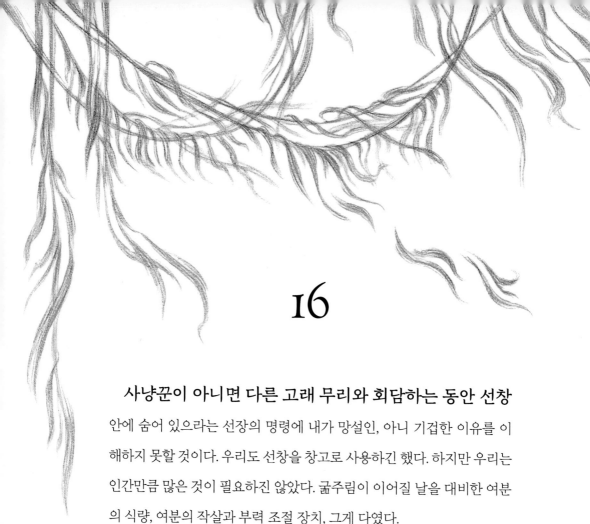

16

    사냥꾼이 아니면 다른 고래 무리와 회담하는 동안 선창
안에 숨어 있으라는 선장의 명령에 내가 망설인, 아니 기겁한 이유를 이
해하지 못할 것이다. 우리도 선창을 창고로 사용하긴 했다. 하지만 우리는
인간만큼 많은 것이 필요하진 않았다. 굶주림이 이어질 날을 대비한 여분
의 식량, 여분의 작살과 부력 조절 장치, 그게 다였다.

    선창은 주로 도살장이었다. 사냥으로 획득한 모든 시체와 전리품을 보
관해 두는 곳이었다. 이해할 수 없는 언어로 울부짖는 귀신들이 들끓는 곳
이었다. 시체 썩는 고약한 냄새가 진동하는 곳이었다.

    바다에서 살아 있는 존재가 들어갈 수 있는 최악의 장소였다.

    나는 (아마도 드미트리우스라는 이름을 가진) 인간을 데리고 빈 선창
으로 들어갔다. 말 잘 듣는 선원 하나가 뒤에서 문을 닫아 주었고, 우리는
어둠의 나락으로 떨어졌다. 빛이라곤 바다 쪽으로 난 네모난 작은 창문으
로 들어오는 희미한 빛이 전부였다.

    "여긴 어디야? 날 죽일 거야?" 드미트리우스가 물었다.

"그래, 네가 입 다물지 않으면." 보고 싶지 않은 마음과는 다르게 나는 어느새 주변을 둘러보았다.

드미트리우스도 주변을 둘러보았다. 어두운 바닷속에서 사물을 식별하기에 적합하지 않은 인간의 눈에도 예전에 함께 배를 탔던 동료들의 팔다리만 한데 모아 놓은 다발이라든가, 상반신만 따로 모아 놓은 더미라든가, 머리만 잔뜩 모아 놓은 커다란 산호 항아리 따위는 보이는 모양이었다. 선창 안의 물은 피가 섞여 짙고 탁했다. 작은 물고기들이 시체에서 떨어져 나온 살점을 먹어 치우느라 분주했다.

이 모든 광경을 본 드미트리우스가 할 말을 잃은 채 입을 벌렸다. (그렇게 조그만 입으로, 무엇이든 한 번에 한입씩밖에 먹지 못하는 그 쓸모없는 입으로, 인간은 어떻게 그 오랜 세월 동안 세상의 지배권을 놓고 우리와 맞서 싸울 수 있었을까?)

"너흰 괴물이야." 드미트리우스가 속삭였다.

"우리 엄마의 머리는 아직 숨이 붙어 있는 동안에 몸뚱이에서 잘려 나갔어." 나 또한 분노를 삭이며 속삭였다. "기름만 빼낸 엄마의 몸은 바다에 버려져 상어 떼의 먹이가 됐어. 너흰 심지어 효율성도 찾아볼 수 없는 괴물이야."

"끔찍하다. 지옥이야." 드미트리우스가 말했다.

"입 다물지 않으면 너도 그 지옥에 함께하게 될 거야."

저주받은 선창에서도 똑똑히 들렸다.

우리와의 회담을 위해 다른 고래 무리가 다가오는 소리가.

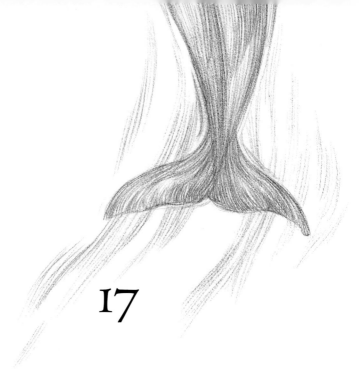

I7

"접근을 요청한다." 반대편 무리의 선장이 말했다. 접근 요청은 모든 회담에서 필수적인 절차였다. 만약 선장이 전염병을 제외한 다른 이유로 접근 요청을 거부한다면, 그건 무조건 적대 행위로 받아들여졌다. 사실 딱히 이유가 없더라도 사냥을 다니는 고래 무리 사이에는 언제나 긴장감이 감돌았다.

"접근을 허가한다." 알렉산드라 선장이 말했다.

"나는 아크투루스다. 서쪽 바다에서 왔다." 반대편 선장이 말했다.

"나는 알렉산드라. 우리는 남쪽 바다에서 왔다. 고향에서 먼 곳까지 오셨군요, 아크투루스 선징님."

"거의 사 년째 사냥 중이오."

이건 특기할 만한 발언이었다. 사냥 기간은 대부분 일 년 남짓이었고, 아무리 길어도 이 년을 넘기지 않았다. 우리도 사냥에 나선 지 이 년이 다 되어 끝을 앞두고 있었다. 비록 사냥이 끝나는 시점은 언제나 알렉산드라 선장 마음대로였지만. 이제 토비 윅을 쫓는 마당에 언제 끝날지 그 누가 알겠는가?

"어제 현상금을 챙긴 무리가 당신네요?" 반대편 선장이 물었다. 그러나 그 질문에 대한 대답은 우리 선체의 무게와 갑판에서 끓고 있는 뼈만으로도 충분히 짐작 가능했으니, 접근 요청만큼이나 형식적인 질문이었다.

"그래요. 얼마 되진 않았지만 우리가 챙겼어요." 알렉산드라 선장이 대답했다.

"실습 항해사는 둘뿐이오? 하나는 잃은 건가?"

"하나는 임무 수행 중이에요. 아무도 잃지 않았어요."

"들었나, 제군들?" 아크투루스 선장이 그의 밑에서 일하는 실습 항해사들에게 물었다. 실습 항해사의 성별이 모두 같을 필요는 없었지만 보아하니 저쪽도 우리만큼이나 성비 불균형이 심한 것 같았다. "여기 계신 알렉산드라 선장님께서 실습 항해사 하나를 임무 수행차 파견하셨다는구나. 이 사실로 우리는 무엇을 알 수 있나? 그녀가 자신의 실습 항해사를 신뢰한다? 아니면 사냥 실적을 올리려고 실습 항해사를 부려 먹는다?"

"저쪽에서 수행하는 임무가 하나 이상이라는 사실을 알 수 있습니다." 아크투루스 선장의 실습 항해사 중 하나가 대답했다.

"우리의 사냥이 더 순수하다는 사실을 알 수 있습니다." 또 다른 실습 항해사가 대답했다.

"우리 쪽 머릿수가 더 많다는 사실을 알 수 있습니다." 세 번째 실습 항해사가 대답했다.

알렉산드라 선장은 이 같은 위협에도 눈 하나 깜짝하지 않았다. 실습 항해사의 위협 따위에 반응하는 건 있을 수 없는 일이었다. 고작 실습 항해사의 도발에 모욕감을 느낀다면 상대편보다 약하다는 걸 인정하는 셈

69

이었다. 알렉산드라 선장은 실습 항해사는 실습 항해사가 상대하도록 내버려 두었다.

"우리 선장님은 실습 항해사를 단순한 아첨꾼 이상으로 훈련시킨다는 사실을 알 수 있습니다." 트레져가 맞받아쳤다. 그 순간만큼은 나도 트레져가 자랑스러웠다.

"우리 선장님은 망망대해에서 달랑 실습 항해사 둘만 데리고도 다른 고래 무리를 만나는 것을 두려워하지 않는다는 사실을 알 수 있습니다." 윌렘이 말했다.

"우리 선장님이 바로 그 전설적인 알렉산드라 선장이라는 사실을 알 수 있습니다. 스스로 규칙을 만드는 분이시지요." 트레져가 덧붙였다.

"우리 선장님은 잡을 수 없는 분이라는 사실을 알 수 있습니다." 이어서 윌렘이 입을 여는 순간 불길한 예감이 엄습했다. "토비 윅이 직접 그렇게 말했어요."

불편한 침묵이 감도는 가운데 흐르는 물소리가 정적을 감쌌다.

"토비 윅?" 아크투루스 선장의 목소리에서 강렬한 호기심이 느껴졌다.

"저에 관한 전설이 신화로 와전된 것 같군요." 알렉산드라 선장이 수습에 나섰다. "절 향한 우리 실습 항해사들의 존경심이 조금 지나쳤나 봅니다. 부아하! 그쪽 선장님께서는 이런 문제로 고민하지 않으셔도 될 것 같군요."

"우리 선장님도 토비 윅을 쫓고 계십니다!" 반대편 일등 실습 항해사가 화가 나서 소리쳤다.

"조용." 너무나도 차분한 아크투루스 선장의 목소리에 나는 알렉산드라 선장이 드디어 적수를 만났다고 생각했다. "사냥은 결코 끝나지 않는다는 관점에서, 모든 사냥의 목적은 하나라는 관점에서 우리 모두가 토비 윅을 쫓고 있다."

"인간을 박멸하는 것." 알렉산드라 선장이 말했다.

"인간을 박멸하는 것." 아크투루스 선장이 동의했다.

"우리 중에 토비 윅을 잡겠다고 나설 만큼 어리석은 자가 누가 있겠소?"

"그러게 말입니다."

또다시 침묵이 내려앉았다. 오직 바다만이 저만의 비밀을 품고 흘러갔다.

"자 그럼, 우리에겐 당신네가 가고 있는 방향으로는 딱히 전해 줄 소식이나 메시지가 없소." 아크투루스 선장이 말했다.

회담을 마무리하는 전통적인 인사말이었다. 과거에는 드넓은 바다에서 우연히 다른 배를 만나면 서로 새로운 소식이나 메시지를 교환했다. 지금은 곳곳에 도시가 생기면서 굳이 그럴 필요가 없어졌지만 지금도 여전히 관례처럼 소식이나 메시지를 교환하곤 했다.

"우리도 마찬가지입니다. 이 회담에서 필요한 정보는 모두 교환한 것 같군요." 알렉산드라 선장이 말했다.

"그럼 건승을 빌겠소. 회담 종료." 아크투루스 선장이 말했다.

"회담 종료."

아크투루스 선장이 이끄는 고래 무리가 떠나면서 우리 쪽으로, 특히 드미트리우스와 내가 숨어 있는 쪽으로 음파를 쏘아 대는 소리가 들렸다.

"너흰 못 이겨." 어둠 속에서 드미트리우스가 속삭였다.

나는 드미트리우스가 아크투루스 선장 이야기를 하는 줄 알았다. "그냥 허풍쟁이일 뿐이야. 우리 선장님이라면 단숨에 때려눕……"

"토비 윅 말이야." 드미트리우스가 내 말을 잘랐다. "토비 윅 이야기를 하고 있던 거 아니야? 내가 알아들은 단어는 그 이름뿐이었지만. 너흰 토비 윅을 이길 수 없어. 토비 윅은 인간이 아니야. 악마야." 드미트리우스가 말했다.

"만약에 토비 윅이 실제로 존재한다면 그도 한낱 인간일 뿐이야."

"그를 목격한 인간치고 살아 돌아온 인간은 아무도 없어. 우리도 모두 두려움에 떨고 있어." 드미트리우스기 말했다.

그 말에 나는 깜짝 놀랐다. "살아 있는 인간 중에 그를 목격한 인간이 없다고?"

"살아 있는 고래 중에도 없겠지. 그러니 전설이 된 거겠지."

"토비 윅이 인간은 왜 죽이는데?"

"할 수 있으니까."

나는 그를 찬찬히 살펴보았다. "너희 스스로 악마가 너희를 떠나게 만들었구나."

드미트리우스는 진심으로 혼란스러워 보였다. "악마가 달리 악마야?"

18

"저들은 우리를 따라올 거다." 다시 가던 길을 나서며
알렉산드라 선장이 말했다.

"따라올 테면 따라오라지요." 트레져가 도전적으로 대답했다.

"넌 네 선장이 그렇게 믿음직스러운가 보지?"

"네, 그렇고말고요." 트레져가 의기양양하게 대답했다.

알렉산드라 선장이 윌렘과 나를 바라보았다. "다른 실습 항해사들은?"

"전 선장님이 가시는 곳이라면 어디든 따라가겠습니다." 윌렘이 담담하게 대답했다. 그 말이 진심임은 의심할 나위가 없었다.

"밧세바는?"

"전 인간을 사냥합니다. 그리고 선장님은 인간을 찾아내는 분이십니다." 내가 대답했다.

"토비 웍은? 내가 토비 웍도 찾아낼 거라 생각하나?"

"모든 인간이 토비 웍입니다. 그리고 선장님보다 그들을 더 잘 찾아내는 분은 없으십니다."

"거의 예언처럼 들리는군." 알렉산드라 선장은 지금 이 상황을 즐기는 듯했다. 알렉산드라 선장이 내 마음을 읽으려는 듯 나를 가만히 응시하다가 입을 열었다. "어쩌면 토비 웍의 옆구리에 작살을 꽂을 주인공은 우리 의심 많은 밧세바가 될지도 모르겠군."

"제 작살이 먼저일걸요." 트레져가 끼어들었다.

"아니면 제 작살이 먼저이거나요." 윌렘도 거들었다.

알렉산드라 선장은 트레져와 윌렘의 열정에 만족스러운 듯한 소리를 냈다. 그러고 나서 내게 최후의 말을 건넸다. "밧세바, 우리 포로는? 아직 듣지 못한 대답이 많은 것 같군. 그가 알고 있는 걸 모조리 끄집어내라. 그 다음엔 죽여라." 알렉산드라 선장은 돌아서서 다시 배를 끌고 어두운 물길 속으로 나아갔다.

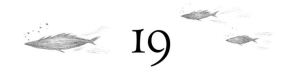

19

나는 드미트리우스에게로 다가갔다. 선원들이 그를 다

시 돛대에 묶어 놓은 뒤였다. 축 늘어진 드미트리우스의 머리가 덩달아 축

늘어진 산소 방울과 함께 물살에 이리저리 흔들리고 있었다. 그가 죽은 게

아닐까 생각하는 찰나 드미트리우스가 입을 열었다.

"날 죽이러 온 거야?"

"대답을 들으러 온 거야."

드미트리우스가 고개를 들었다. "아무래도 상관없어. 난 어차피 죽을

테니까."

"어째서?"

"우리 피부는 젖은 상태로 이렇게 오랫동안 견딜 수 없게 돼 있어. 내 손

의 피부가 점점 벗겨지는 게 느껴져."

나는 드미트리우스의 뒤로 헤엄쳐 갔다. 손가락 두 개는 살점이 거의

떨어져 나가 뼈가 드러난 상태였다. "아파?"

"싱관없잖아?"

"그냥 궁금해서. 하지만 네가 싫다면 안 물어볼게. 그런데 토비 윅이 거

느린 배는 몇 대야?" 내가 물었다.

"한 대뿐이야." 드미트리우스가 지친 목소리로 대답했다.

"거짓말. 토비 윅이 함대를 거느리는 건 모두가 다 아는 사실이야."

"모든 고래는 그렇게 알고 있을지 몰라도 모든 인간은 토비 윅이 딱 한

76

척의 배로 이동한다는 사실을 알아. 오만이지. 아니면 상대에게 너무 불공평한 사냥이라고 생각하거나."

"전부 거짓말이야. 널 더 고통스럽게 만들겠어. 나도 어쩔 수 없어. 반드시 해야 한다면."

"반드시 해야 한다면…… 그래, 그 소리를 수없이 들었지." 드미트리우스가 내뱉다시피 말했다.

"고래와 그들의 소중한 예언은 늘 이렇게 말하지. '우리는 이걸 반드시 해야 해. 예언이니까.' 그렇게 선택과 결과에 따르는 책임에서 스스로를 해방시키지. 날 고문하려면 해. 죽이려면 죽여. 원하는 대로 해. 하지만 반드시 해야 하는 일이라서 했다는 식으로 포장하지는 마. 악은 그렇게 합리화되는 거니까."

드미트리우스가 이렇게 길게 말한 적은 처음이었다. 그러나 내가 놀란 건 단지 그 때문만은 아니었다. 우리가 인간의 문화를 연구하듯 인간도 우리 문화를 연구한다는 사실을 알고는 있었지만, 그래 봤자 인간들은 우리 문화를 잘 알지 못한다는 데에 우리는 자부심을 느끼고 있었다. 하늘의 꼭대기는 인간들이 뛰어들기에는 너무 높았다. 하늘 꼭대기에 있는 우리 도시를 목격한 인간은 아무도 없었다. 인간들은 저 멀리서 우리가 무엇을 하는지, 어떻게 사는지, 무엇을 믿는지 짐작하는 수밖에 없었다. (사실 우리도 인간들이 육지에 건설한 도시 문명을 짐작하는 수밖에 없긴 매한가지였다.) 그런데 여기 한낱 인간이, 그것도 새파란 애송이가 나의 영역에서 예언을 이야기하고 있었다.

"우리는 악하지 않아. 우리 스스로를 지키려는 것뿐이야." 내가 말했다.

"너희 선창 안에 무엇이 있는지 다 봤어. 물속을 둥둥 떠다니는 우리의 머리가 어떻게 너희를 지켜 준다는 거야?"

"그럼 피부를 벗긴 채 바다에 버린 우리의 사체는 어떻게 너희를 지켜 주는데?"

"나는 단 한 번도 사냥꾼이 되길 원한 적이 없어. 내가 살던 마을에서 고래 사냥에 징집되어 강제로 배에 올랐어. 사냥을 하지 않겠다고 버티다가 두들겨 맞았고, 끝까지 버티다가 선창에 갇혔지."

나는 혼란스러웠다. "왜 그렇게까지 한 건데? 사냥은 너희 문화의 중심이잖아. 너희에겐 사냥이 가장 숭고한 운명⋯⋯"

"난 인간이든 고래든 그 누구도 죽여 본 적 없어. 넌 지금 그러려 하고 있지만. 그런데도 네가 나보다 낫다고 할 수 있어, 밧세바? 너 스스로가 또 다른 토비 윅의 신화를 만들어 내고 있다고 생각하지 않아?"

드미트리우스가 갑자기 하던 말을 멈추고 고개를 떨구었다. 그제야 나는 그가 최소 하루 넘게 굶었다는 사실을 깨달았다. 인간이 먹는 음식은커녕 인간이 마시는 소금기 없는 물조차 입에 대지 못했다. 드미트리우스 말이 맞았다. 그는 곧 죽을 것이다.

알렉산드라 선장에 관한 전설 중에 그녀가 한 인간을 바닷가까지 쫓아가서 모래사장에 서 있던 인간에게 작살을 꽂았다는 이야기가 있다. 어느 날 폭풍우 속에 침몰하던 인간의 배를 발견한 알렉산드라 선장과 그녀가 이끌던 고래 무리는 인간들을 사냥한다. 그 와중에 한 인간이 보트를 타고 바람의 도움을 받아 탈출에 성공한다.

시야에 해변이 들어오던 순간 그의 입에서는 무슨 신을 섬겼든지 간에 감사의 기도가 절로 흘러나왔을 것이다. 바위도 아닌 모래사장에 발을 디디는 순간, 사나운 바다가 부드러운 모래 위에 그를 뱉어 내는 순간 그의 심장은 환희로 부풀어 올랐을 것이다. 그는 벗어났다. 침몰하는 배에서 벗어났을 뿐만 아니라 같이 배를 타고 있던 동료들을 죽음으로 몰던 고래 떼에게서도 벗어났다.

알렉산드라 선장은 그를 쫓아갔다. 인간이 달아난 바닷가는 수심이 깊은 편이었지만 거대한 고래를 품기에는 역부족이었다. 인간은 모래사장에 서서 그녀를 조롱했다. "내가 널 이겼어! 네 영역에서 내가 너를 이겼다고, 이 더럽고 역겨운 고래 새끼야!" 인간이 고함을 질렀다.

알렉산드라 선장은 물속에서 작살을 날렸다. 바다의 무자비한 손아귀가 쓰러진 그의 몸을 다시 낚아챘다.

"틀렸어. 네 영역에서 내가 널 이겼다." 알렉산드라 선장은 그렇게 속삭이며 인간을 두 동강 냈다.

나는 종종 그 인간의 얼굴을 상상하곤 했다. 자유의 품에 안겼다가 곧바로 내쳐졌을 때 그가 느꼈을 분노와 억울함, 거대한 알렉산드라 선장이 귓가에 마지막 말을 속삭이던 순간 그가 느꼈을 공포를 상상하곤 했다.

내 상상 속에서 인간은 항상 그런 모습이었다. 비아냥대다가 결국 패배하는. 이런 생각은 사냥의 두려움을 극복하는 가장 좋은 방법이었다.

하지만 지금 여기 내 앞에 무기력한 상태로 죽음을 앞둔 인간이 있었다. 비아냥거림도 없었고, 추격전도 없었다. 공포와 슬픔만이 있었다. 그는 게슴츠레한 눈으로 나를 바라보았다. 나는 여전히 크나큰 충격이 그의 정신과 육체를 어지럽히고 있음을 알 수 있었다. 아무래도 오늘을 넘기긴 힘들어 보였다.

그 사실이 나를 괴롭혔다. 하지만 단지 인간과 이렇게 가까이 교류한 적이 처음이라 느끼는 감정일 뿐이었다. 가장 경력이 오래됐다는 고래들조차 평생에 걸쳐 직접 말을 섞어 본 인간은 한두 명에 불과했다. 그런데 나는 고작 삼등 항해사인 주제에 인간과 많은 대화를 나눌 기회를 얻은 것이다.

그래, 처음이라 그런 것이다. 그래야만 했다.

"물고기를 가져다줄게." 나도 모르게 내 입에서 튀어나온 말이었다. "날 것이지만 수분을 공급해 줄 거야."

나는 대답을 기다리지 않고 새로이 알아낸 사실을 보고하러 알렉산드라 선장에게로 헤엄쳐 갔다.

20

"거짓말이야. 배가 한 척이라니. 말도 안 돼. 함정이야. 바보가 아니고서야 그런 거짓말을 믿을 리가." 내가 보고를 마치자마자 트레져가 말했다.

"그런데 포로는 왜 아직 살아 있는 거야?" 윌렘이 진심으로 궁금하다는 듯이 물었다.

"아직 말하지 않은 정보가 더 있는 것 같습니다. 지금까지 한 말은 모두 진실인 것 같지만, 계속 심문하면 더 중요한 정보를 알아낼 수 있을 것 같습니다." 나는 윌렘은 무시하고 알렉산드라 선장에게 말했다.

알렉산드라 선장은 아주 오랫동안 말없이 우리 앞에 놓인 허공을 가만히 응시했다. 여기 하늘은 우리조차도 음파 탐지로 그 깊이를 측정할 수 없을 만큼 아득히 높았다. 지금처럼 발전한 시대에도 우리는 저 영원한 암흑 속에는 어떤 다른 문명이 도사리고 있을까 상상만 할 뿐이었다.

"내가 토비 윅이라도 배 한 척이면 충분할 것 같군." 마침내 알렉산드라 선장이 입을 열었다.

"현상금을 나누지 않아도 되니까요." 트레져가 맞장구를 쳤다.

"영광을 나누지 않아도 되니까. 그나저나 포로가 더 많은 것을 알고 있는 것 같다고?" 알렉산드라 선장이 나를 돌아보며 물었다.

"음식을 가져다주겠다고 했습니다. 더 말을 하고 싶어 하는 눈치였고 고통보다는 자비가 정보를 얻는 데 유리할 것 같습니다." 내가 대답했다.

알렉산드라 선장은 다시 생각에 잠겼다. "네 말이 맞을지도. 결국에 그를 죽이는 건 네 몫이다, 밧세바. 하지만 아직은 살려 두도록."

나는 다시 돛대로 헤엄쳐 갔다. "밧세바가 사랑에 빠졌대요." 트레져가 내 뒤통수에다 대고 놀림조로 말했다.

"인간이랑? 어떻게 그럴 수가 있지?" 윌렘이 짐짓 충격을 받은 척 연기를 하며 키득댔다.

나는 그러거나 말거나 신경 쓰지 않는 척했지만 물에 스치는 내 피부는 분노로 홧홧했다.

21

나는 그날 밤 처음으로 보초를 섰다. 머리 위로 보이는

밤하늘은 깜깜했고 아래 심연에서는 바닷물을 당기는 달이 은은하게 빛났다. 우리 고래들이 깊은 잠을 자는 경우는 드물었다. 물속에 수직으로 몸을 세우고 기도하듯 동그랗게 모여 있을 때만 아주 잠깐씩 깊은 잠을 잤다. 보통은 지금처럼 반만 잠들고 반은 깨어 있는 경우가 대부분이었다. 알렉산드라 선장과 트레져, 윌렘 그리고 선원들은 물속을 느리게 헤엄치고 있었다. 그들의 의식은 온전히 깨어나기 직전 상태에 있었다. 마침내 허기를 채운 드미트리우스도 잠들어 있었다.

"우린 생선을 날로 먹지 않아." 내가 조그만 물고기 몇 마리를 그의 앞에 몰아준 뒤 돛대에서 손을 풀어 주자 그가 말했다.

"너희가 쓰는 불은 바닷속에서는 쓸모가 없어. 먹든지 말든지 알아서 해. 난 신경 안 쓰니까."

드미트리우스가 나를 올려다보았다. "그럼 이건 왜 가져다준 건데?"

나는 대답하지 않았다.

나는 막 알렉산드라 선장의 거대한 이마 끝을 헤엄쳐 지나고 있었다. 덩치 차이를 고려할 때 내 꼬리지느러미가 일으키는 물결로는 반쯤 잠이 든 알렉산드라 선장을 끌어당기기에 역부족이었다. 하지만 무의식중에 나를 따라오도록 할 수는 있었다. 알렉산드라 선장의 꼬리지느러미가 움직이면서 일으키는 물결은 그녀 뒤에 잠들어 있는 실습 항해사 둘과 나머지 선원들을 끌어당기기에 충분했다.

우리는 예언이 가리키는 산으로 가고 있었다. 인간들은 달 주위로 심연을 수놓은 조그만 별빛을 이용해서 방향을 가늠하며 항해한다는 이야기를 들은 적이 있다. 우리는 물속의 자기장을 이용해서 방향을 가늠했지만, 그렇다고 별의 아름다움을 모르진 않았다. 나는 산소 방울을 채우러 심연으로 뛰어들 때마다 별을 바라보곤 했다.

내가 만약 별에 닿을 수 있다면 그 안으로 헤엄쳐 들어갈 수 있을까? 별들이 우리 무게를 감당할 수 있을까? 이 별에서 저 별로 헤엄쳐 이동할 수 있을까? 별에는 인간들이 사는 광활한 미지의 대륙도 보이지 않았다. 우리에게 인간이 사는 대륙은 신비에 휩싸여 있었다. 친숙한 해안을 제외하곤 무엇이 있는지 짐작만 할 뿐이었다.

게다가 저 달은? 저 달은 뭘까? 달은 마치 한 척의 배처럼 심연을 가르며 움직였다. 그 배의 표면에 인간은 단 한 명도 보이지 않았다. 달에는 전쟁이 없을까? 달에서는 고래와 인간이 사이좋게 지낼까? 우리 모두 안전할까? 사냥을 영원히 끝낼 수 있을까?

옆구리에서 느껴지는 움직임에 나는 공상에서 빠져나왔다. 알렉산드라 선장이 잠에서 깬 줄 알고 나는 보초 임무에서 해제되길 기다렸다. 그런데 움직임의 주인공은 알렉산드라 선장이 아니었다. 청상아리라 불리는 상어였다. 청상아리는 겨우 대롱만 한 주제에 이빨을 달고 다니는 사악하고 멍청한 족속이었다. 청상아리 떼는 우리가 인간을 사냥할 때 찌꺼기라도 얻어먹으려고 우리를 따라다니곤 했다. '따라다닌다'는 말보다 더 정확한 표현은 없었다. 청상아리가 우리를 앞질러 지나가는 일은 거의 없었다.

그런데 여기 또 다른 청상아리가 나를 앞질러 지나갔다. 이어서 또 한 마리가 지나갔다. 청상아리 떼가 줄줄이 내 옆을 지나 알렉산드라호를 지나 무언가를 향해 나아가고 있었다.

그때 내 코끝에 피비린내가 스쳤다.

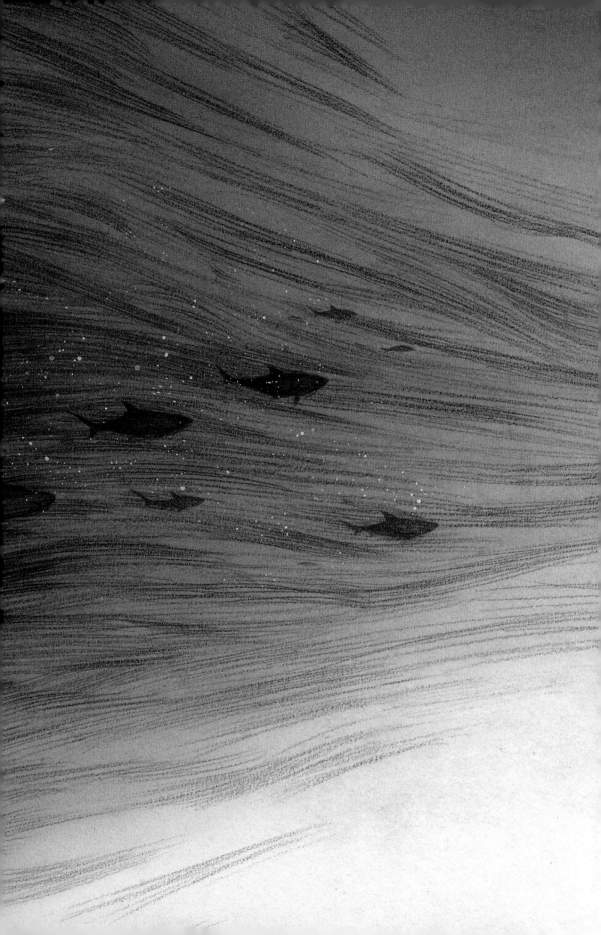

22

"대학살이야." 눈앞에 빤히 보이는 광경을 트레져가 굳이 아무런 의미도 없이 말로 옮겼다.

"하지만 시체는 멀쩡해. 사냥꾼은 아무것도 가져가지 않았어." 공포로 눈이 휘둥그레진 윌렘이 말했다.

"이건 메시지다." 알렉산드라 선장이 말했다.

우리 앞에 놓인 밤바다는 오십 구는 족히 되어 보이는 고래 시체에서 흘러나온 피로 시커멓게 물들었다. 윌렘 말대로 시체는 하나같이 멀쩡했다. 심연에서 올라온 달빛이 어둠 속에서 죽은 시체 위로 그림자를 드리웠다.

"어떻게 한꺼번에 당할 수가 있지? 여기서 무슨 일이 있었던 걸까?" 트레져의 목소리에는 공포가 서려 있었다.

"이건 토비 윅이 보낸 메시지다." 알렉산드라 선장이 했던 말을 되풀이했다.

둥둥 떠다니던 시체가 달려드는 상어들 때문에 이리저리 흔들리기 시작했다. 우리는 해야 할 일을 알면서도 선뜻 나서지 못하고 망설였다. 상어 떼가 죽은 우리 종족의 시체를 뜯어 먹는 것까지 말릴 수는 없었다. 심연의 표면에서 날아든 수천 마리 새 떼가 시체를 뜯어 먹는 것까지 말릴 수는 없었다. 하지만 개인 소지품을 수거해야 했고, 죽은 고래의 가족들에게도 이 소식을 알려야 했고, 어쩌면 가라앉은 배와 화물을 인양해야 할지도 몰랐다.

우리는 인간들과는 달랐다.

"최대한 많이, 가능한 한 전부 다 수거해라." 알렉산드라 선장이 명령했다.

그건 불가능했다. 이미 너무 많은 상어가 몰려와 너무 빨리 먹어 치우고 있었다. 내가 접근하면 길을 터 주긴 했지만 금세 굶주린 아가리와 흐리멍덩한 눈이 내가 지나간 자리를 다시 메웠다. 게다가 사방이 피바다였다. 탁하고 끈적끈적한 핏물에서는 음파 탐지 능력이 별 소용없었다. 그래도 우리는 꿋꿋하게 해야 할 일을 했다.

내 입안은 어느새 시체에서 수집한 물품으로 가득 찼다. 신분증 및 물물 교환 시 화폐로 쓰이는 산호 조각이 대부분이었지만, 나이 든 세대가 전쟁에서 입은 상처에 자랑스레 달고 다니던 보석도 꽤 있었다. 조그만 식량이며, 최소 여섯 마리는 될 것 같은 난방게며 닥치는 대로 작살 옆에 찬 주머니에다가 집어넣었다. 방어용 작살도 서너 개 건졌다. 전부 사용한 흔적이 없었다. 전부 다? 도대체 여기서 무슨 일이 있었던 걸까? 우리가 쫓는 악마가 도대체 얼마나 크길래? 하지만 생각에 잠겨 있을 틈이 없었다. 나는 다른 선원들과 마찬가지로 다시 쓸 수 있는 것들을 최대한 많이 모으기에 여념이 없었다. 피와 살덩이로 가득한 바닷물이 도저히 견딜 수 없어지기 전에 최대한 빨리.

그때 새끼 고래 한 마리가 눈에 띄었다.

새끼 고래는 보통 크기도 작고 세상 물정에도 어두워서 상어의 표적이 되기 십상이었다. 하지만 이 새끼 고래는 엄마 고래의 지느러미 밑에 파묻혀 있어서 눈에 띄지 않았다. 근처에서 역시나 죽은 채로 발견된 난방게가 아니었다면 나도 하마터면 새끼 고래가 그곳에 있는지 전혀 알아차리지 못할 뻔했다. 새끼 고래는 몸길이가 겨우 내 작살만 했고, 그 작은 몸에 지닌 소지품이라고는 조그만 지느러미 밑에 꼭 안고 있던 장난감 불가사리가 전부였다.

심연에서 어떤 재앙이 닥쳤는지는 알 수 없지만 엄마 고래는 그 거대한 몸을 이용해서 어린 딸을 보호하려고 한 게 틀림없었다. 엄마 고래의 몸에는 숨구멍에서부터 아래로 길게 이어진 상처가 있었다. 달려드는 상어 떼로 상처는 이미 더 크게 벌어져 있었다. 하지만 새끼 고래의 몸은 상처 하나 없이 깨끗했다.

새끼 고래의 사인은 익사였다. 우리 종족에게는 가장 일어날 수 없는 형태의 죽음이었다. 느리고 고통스러운 죽음이었다. 그러나 심연은 금방이라도 닿을 수 있는 거리에 있었기에 피하려면 얼마든지 피할 수 있는 죽음이었다. 새끼 고래는 너무도 겁에 질린 나머지 죽은 엄마 고래의 곁을 떠나기가 두려워 산소 방울을 채우러 가길 포기한 모양이었다.

내 몸속 어딘가에서 작은 조직 같은 것이 툭 끊어졌다. 치명상은 아니지만 내 심장과도 가깝고 내 폐와도 가까운 곳이었다. 내 모든 상처와 걱정을 숨겨 둔 곳의 중심과도 가까운 곳이었다.

그곳에는 내 분노도 함께 숨겨져 있었다.

내가 죽은 엄마 고래와 새끼 고래의 모습에서 우리 엄마와 내 모습을 보았을 거라 생각한다면, 물론 그 말도 맞다. 하지만 난 큰 고래에게서도 엄마를 지키려던 내 모습을 보았다. 그리고 모든 고래를 보았다. 세대를 거슬러 이토록 작디작은 새끼 고래를 익사시킨 적으로부터 지느러미 아래 우리를 보호하려던 그 모든 고래를 보았다.

나는 이마로 엄마 고래의 옆구리를 쓰다듬으며 천천히 앞으로 헤엄쳐 나아갔다. 내 깊은 곳에서 이 새끼 고래를, 한꺼번에 학살당한 이 고래 떼를, 나 자신을, 여기 영원히 끝나지 않을 이 전쟁의 한가운데에 놓여 있는 우리 모두를 애도하는 날카로운 울음소리가 터져 나왔다. 고래의 언어는 길고 느려서 물결처럼 아주아주 멀리까지 전달됐다. 우주를 통틀어 슬픔을 표현하기에 고래 울음소리보다 더 구슬픈 소리는 없었다.

언젠가 우리도 가게 될 마지막 가는 길에 외롭지 말라고 불가사리 장난감은 새끼 고래 곁에 남겨 둔 채 나는 돌아섰다. 하지만 너무 어두워서 알렉산드라호가 있는 곳까지는, 돛대에 묶인 그가 있는 곳까지는 보이지 않았다. 이 새끼 고래의 목숨을 앗아 간 산소 방울이 이제는 그의 목숨을 살려 주고 있었다.

(난 사냥꾼이 되길 원하지 않았어.)

나는 생각했다. 그래, 넌 원하지 않았다고 해도 네가 사냥꾼이라는 사실은 변하지 않아. 넌 우리를 토비 윅에게로 안내할 거야. 그 정체가 무엇이든, 그 전설 속에 얼마나 많은 인간이 가담했든 간에 말이지.

그리고 너희는 모두 멸망하게 될 거야.

상어 한 마리가 새끼 고래를 먹으려고 다가왔다. 나는 꼬리로 그 등뼈를 부러뜨려 깊고 외로운 망각 속 죽음의 나락으로 떠밀어 버렸다.

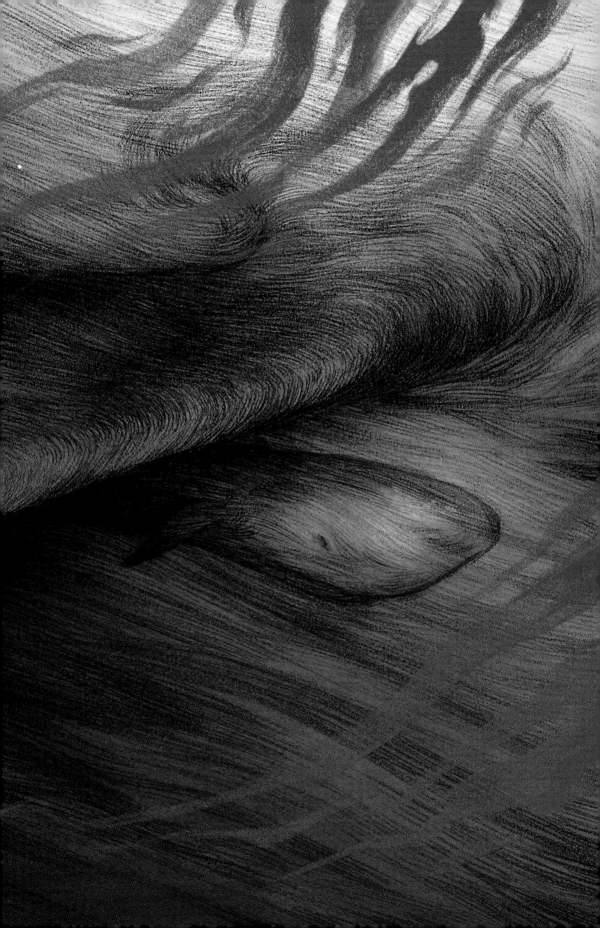

23

"도대체 어떻게?" 나는 드미트리우스에게 굳이 내 분노를 감추지 않고 다그쳐 물었다. 전날 밤 목격한 대학살의 현장이 우리 모두의 머릿속에서 떠나질 않았다.

"다른 대답 같은 건 존재하시 않아. 이야기만 무성하지 아무도 그를 보진 못했어. 토비 웍은 악마라고밖에 설명할 수 없어. 너희가 그 악마를 찾아낸다 해도 결국 똑같은 운명을 맞이하게 될 거야." 드미트리우스가 애원하다시피 말했다.

"네 말이 맞아. 우린 그를 찾아낼 거야. 하지만 우리도 똑같은 운명을 맞이하게 될 거라는 네 말은 틀렸어."

"함정인 걸 모르겠어? 토비 웍은 감히 그에게 도전해 올 고래를 기다리는 거야. 그가 원하는 건 그거야. 그리고 결국엔 그가 승리하겠지."

"네가 그렇게 되길 원하는 거겠지. 하지만 토비 웍이 승리하는 일은 없을 거야."

"도대체 내가 왜 그렇게 되길 원한다고 생각하는 거야?"

그 말에, 순간적으로 터져 나온 그의 억울함에, 내 종족을 셀 수 없이 죽인 인간들과 같은 종족인 그의 입에서 나온 뻔뻔함에 내 분노가 폭발했다. 내가 무얼 하려는지 자각도 못한 채 나는 숨구멍에서 커다란 산소 방울을 만들어 드미트리우스의 몸 전체를 감싼 뒤 입으로 그를 돛대에서 잡아 뜯었다.

나는 그대로 솟구쳐 올랐다. 높이. 빠르게. 바로 뒤에서 트레져와 윌렘이 무슨 일이냐는 듯 음파를 쏘아 대는 게 느껴졌다. 심지어 알렉산드라 선장이 바로 뒤에 있었는데도 나는 아랑곳하지 않고 하늘 위로 돌진했다.

"지금 뭐 하는 거야? 난 견디지 못할 거야!" 드미트리우스가 공포에 질려 소리를 질렀다.

나는 속도를 늦추지 않았다. 우리를 둘러싼 바다가 점점 더 어두워졌다. 압력도 점점 더 높아졌다. 드미트리우스를 감싸고 있는 산소 방울이 높은 압력 때문에 자꾸만 찌그러져서 쉴 새 없이 공기를 불어 넣어야 했다. 그렇지 않으면 드미트리우스도 찌그러지고 말 것이다. 드미트리우스의 목숨이 오직 이 산소 방울 하나에 달려 있었다.

꼬리를 칠 때마다 바닷물이 피부를 빠르게 스쳐 지나갔다. 온도가 오랫동안 떨어져도 견딜 수 있도록 혈관이 온기를 퍼 날랐다. 폐 안에 들어찬 공기가 압축됐다. 이 공기만큼은 드미트리우스를 살리느라 낭비하지 않을 것이다.

"난 이렇게 죽는 건가?" 드미트리우스의 절박한 외침이 거센 물살을 간신히 뚫고 나왔다.

"네가 똑똑히 보았으면 해!" 나는 높이, 높이, 더 높이 끝없이 올라갔다. 보통 우리 도시가 자리 잡는 고도를 지나, 가장 밝은 햇살만이 겨우 닿을 수 있는 고도를 지나, 내가 갑옷처럼 두른 산소 방울조차 잠시 동안만 저체온증을 막아 줄 수 있는 고도를 지나 높이, 높이, 더 높이 올라갔다.

마침내 어둠만이 존재하는 고도에 이르렀다.

"여긴 아무것도 안 보이는걸." 드미트리우스가 이를 덜덜 부딪치며 간신히 말했다. 이렇게 높은 곳에서는 난방게도 체온을 유지해 줄 수 없었

다. 우리에게 허락된 시간은 짧았다.

"바로 여기야. 이 차갑고 어두운 곳에서 고래는 진짜 자기 모습을 보도록 배우지." 내가 말했다.

"네 진짜 모습이 어둠이라는 거야?" 드미트리우스가 혼란스러운 듯 되물었다.

"아니, 네 진짜 모습이 어둠이라는 거야. 나는 음파 탐지를 이용해서 여기서도 완벽하게 볼 수 있어. 이 어둠 속에 널 홀로 남겨 두면 넌 아무것도 아니야. 너 또한 어둠일 테니까. 하지만 난 여전히 널 볼 수 있어! 이 어둠 속에서도 난 여전히 헤엄칠 수 있고 여전히 내가 누군지 알 수 있어, 드미트리우스!"

침묵이 내려앉았다. 그 침묵으로 그가 나만큼이나 놀랐다는 사실을 알 수 있었다.

내가 그의 이름을 불렀다.

"꼭 그 사람처럼 말하는구나." 마침내 드미트리우스가 나지막이 입을 열었다. "인간들이 토비 웍을 닮고 싶어 할 때 꼭 지금의 너처럼 말하거든. 토비 웍이라는 이름을 이용해서 끔찍한 일들을 저지르고 싶을 때 말이야. 토비 웍이랑 싸우면 너도 똑같은 존재가 되는 거야."

"악마랑 싸우려면 악마가 되어야 하는 건지도 모르지." 내가 대답했다.

"하지만 밧세바, 그 싸움의 끝에는 결국 악마만 남는 거 아니야?" 드미트리우스가 말했다.

그러고 나서 바닷속에는 한동안 어둠만이 존재했다. 우리는 혼자였다. 함께였지만 혼자였다.

그리고 정체를 알 수 없는 악마는 꽁꽁 숨어서 보이지 않았다.

99

24

"고래 오십 마리가 배 한 척에 당했다는 말을 우리더러

믿으라는 건가? 토비 웍의 배 한 척에?" 알렉산드라 선장의 조롱 섞인 반응도 무리는 아니었다.

"포로는 그렇게 믿고 있습니다." 트레져의 적개심 가득한 눈길과 그보다는 상냥하지만 아직까지 잔뜩 겁에 질린 윌렘의 눈동자를 무시하며 내가 대답했다. 둘은 드미트리우스를 하늘 높이 끌고 올라가 겁을 주었다는 내 말을 마지못해 받아들였다. 알렉산드라 선장의 면전에서 내가 벌인 이 독단적인 행동은 가까스로 면죄부를 받긴 했지만 결코 잊히지는 않을 것임을 나는 너무나도 잘 알고 있었다.

"포로는 또 우리가 함정으로 스스로 헤엄쳐 들어가고 있다고 믿고 있습니다. 토비 웍이 파 놓은 함정에 걸려들어 결국 우리 모두 죽음을 맞이하게 될 거라고요." 내가 덧붙였다.

"포로 말을 철석같이 믿는가 보구나. 밧세바, 나는 너에게 정보를 요구했지 의견을 요구한 적이 없다." 알렉산드라 선장이 말했다.

"선장님!"

"조용." 너무나도 차가운 알렉산드라 선장의 목소리에 곧바로 두려움이 엄습했다. 심연에서 기우는 해가 그 표면을 노을빛으로 물들였다. 저 멀리 도시의 희미한 불빛이 눈에 들어왔다. 고래들은 그들을 지키는 외로운 영혼들과는 멀리 떨어진 저곳에서 오늘도 평화롭게 일상을 살아가고 있겠지.

"난 우리가 자살하러 가는 길이라고 생각하지 않는다." 마침내 알렉산드라 선장이 말했다.

"예언은 우리가 토비 윅을 무찌를 거라고 했어. 토비 윅이 우리가 쫓아오길 원하는 것도 그래서야. 이만한 가치가 있는 사냥은 그 어디에도 없어." 트레져가 말했다.

"나도 이 사냥을 하고 싶어. 다만 내가 궁금한 건······" 내가 미처 말을 끝맺기도 전에 알렉산드라 선장에게서 예상보다 훨씬 빠르고 매서운, 또다시 나를 꿰뚫어 보는 듯한 대답이 돌아왔다.

"네가 궁금한 건 악마를 죽이기 위해 치러야 하는 대가가 무엇이냐겠지. 그 대가가 밧세바 네 자신인지 아닌지가."

알렉산드라 선장이 갑자기 배를 끌던 줄을 풀고 내게로 돌진했다. 그 엄청난 속도에 나는 미처 피할 새도 없이 그녀와 부딪치고 말았다. 알렉산드라 선장이 거의 수직으로 나를 떠밀다시피 헤엄쳤다. 하늘 대신 그녀의 거대한 몸뚱이가 내 시야를 가득 메웠다. 지느러미와 꼬리를 휘저으며 자세를 유지하는 그녀에게서 뿜어져 나오는 힘이 느껴졌다. 그 주위로 바닷물이 일렁이며 그녀만의 바다가 생겨났다. 결코 항해하고 싶지 않은 바다였다.

"대답해라, 밧세바." 알렉산드라 선장의 크고 웅장한 목소리가 물속에서 퍼져 나갔다. 그 소리가 어찌나 위협적이던지 트레져와 윌렘이 뒤로 움찔 물러났다. 하늘에서 드미트리우스가 내게 했던 질문이 떠올랐다. 난 이렇게 죽는 건가?

"내가 악마라고 생각하나?" 알렉산드라 선장이 다그쳐 물었다. 어떤 대답을 하느냐에 내 목숨이 달려 있음을 느꼈다. 아니, 알았다.

알렉산드라 선장이 가까이 다가와 또다시 나를 밀어내며 명령했다.

"대답해!"

"선장님……"

"내가 아무런 죄 없는 어미와 새끼를 죽이고 다니는 악마인가?"

나는 어쩌면 그럴지도 모른다고 생각했지만 답은 정해져 있었다. "아닙니다, 선장님."

"내가 내 실습 항해사들을 승산 없는 전쟁으로 끌어들이는 악마인가?"

이번에도 나는 내 생각과는 반대로 대답했다. "아닙니다."

알렉산드라 선장의 거대한 눈 하나가 내 쪽을 향했다. 이 세상에 나와 그녀만이 존재하는 듯한 기분이었다. "그렇다, 밧세바. 이 사냥의 이유는 내가 악마여서가 아니라, 우리가 더는 악마가 되지 않기 위해서다!"

그 말을 듣는 순간 나는 치밀어 오르는 분노와 혼란스러움을 더 이상 억누르지 못하고 죽을 각오로 되물었다. "이 사냥이 우리를 악마로 만드는 거라면요?"

내 질문이 떨어지기 무섭게 알렉산드라 선장이 그 거대한 몸을 구부렸다. 녹슨 작살이 꽂힌 거대한 이마가 물결처럼 내 곁을 스쳐 지나갔다. 다음 순간 알렉산드라 선장의 입에서 나온 상냥한 목소리에 나는 너무 당황한 나머지 하마터면 산소 방울을 목구멍으로 삼킬 뻔했다.

"옳지, 우리 사랑스러운 삼등 실습 항해사가 이제야 어른스러운 질문을 하는구나."

이 갑작스런 상냥함에 트레져와 윌렘이 내가 어떤 비밀에 근접하기라도 한 것처럼 의미심장한 눈길을 주고받았다.

그건 곧 사실로 드러났다.

"내가 왜 토비 윅을 쫓는지 말해 주겠다. 왜 그 동전이 내 손에 들어올 수밖에 없었는지, 왜 나와 내 용감한 부하들이 토비 윅을 끝장낼 운명인지 말해 주겠다." 알렉산드라 선장이 말했다.

25

"지금 우리가 가는 곳과 멀지 않은 남쪽 바다에서 일어난 일이었다. 우리 포로가 거짓말을 하지 않았다면 말이지." 알렉산드라 선장이 이야기를 시작했다.

"나는 당시 벨라스케스의 일등 실습 항해사였다. 앞으로 이 이름은 자주 등장할 거다. 위대한 벨라스케스 선장의 몸에는 숨구멍에서 꼬리까지 길게 이어진 상처가 있었다. 그는 세상의 끝에서 끝까지, 너희 같은 애송이들은 상상도 못할 위험 속으로 우리를 끌고 다니며 인간이라는 인간은 모두 사냥했지.

바다마다 고유한 위험이 있기 마련이고, 남쪽 바다는 수온이 높다는 위험이 있었다. 그날따라 수온이 유난히 높아서 의식을 잃고 익사하지 않으려면 심연의 해안으로 넘어가야만 했다. 그러나 알다시피 경계를 넘는 건 모든 사냥꾼들에게 가장 위험한 일이지. 우리는 철저한 계산 끝에 주변에 아무도 없는 때를 기다렸다가 해안을 넘어갔다.

말도 안 되는 일인 것 같지만……"

그래, 그건 말이 안 되는 일이었다. 하지만 짜디짠 내 마지막 숨을 걸고 내가 오직 진실만을 말하고 있음을 맹세하지.

음파 탐지 결과 근처에는 배가 한 대도 없었다. 우리 실습 항해사들은 물론이고 벨라스케스 선장도 흰색 배는커녕 그 어떤 선체도 감지하지 못했다. 더위로 우리 감각이 무뎌진 게 아니었냐고 반박한다면, 그랬을지도 모르지. 하지만 사냥하는 고래 중에 화창한 날 심연에 배가 있는지 없는지도 분간 못할 고래가 어디 있겠나?

그런데 그 일이 실제로 일어났다.

우리 선원들이 먼저 심연으로 뛰어들었다. 이어서 삼등 실습 항해사와 이등 실습 항해사의 뒤를 따라 나도 뛰어들었다. 아, 물 밖으로 나오는 순간 피부에 닿는 공기의 시원한 감촉이 어찌나 달콤하던지. 아주 잠시, 길어 봤자 몇 초쯤, 우리는 바다를 벗어나 심연에 있었다. 그렇게 경계를 넘어 인간의 세계로 뛰어내려 작은 산소 방울이 아닌 사방을 둘러싼 공기를 만끽했지. 그러고 나서 다시 고래의 세계로 뛰어올랐다. 마치 남의 집에 들어가자마자 아주 조그만 물건 하나만 훔쳐서 나오는 도둑처럼.

다른 고래들과 마찬가지로 나도 다시 물속으로 첨벙 뛰어들었다. 체온은 내려갔지만 현기증이 일었지. 다시 돌아온 고래의 세계에 적응하느라 새하얀 포말을 일으키며 위로, 더 위로 헤엄쳐 올라갔다.

결국 나는 벨라스케스 선장이 실제로 인간의 세계로 뛰어내린 모습은 보지 못했다. 도약의 끝에 심연의 표면을 뚫고 나가는 그의 꼬리만 보았을 뿐. 벨라스케스 선장은 크고 강한 고래였다. 그 힘이며 속도가 그를 성공으로 이끈 열쇠였지. 벨라스케스 선장은 심연으로 완전히 뛰어들 수 있는 몇 안 되는 고래였어.

출렁이는 바다에서 우리는 숨을 참고 위대한 벨라스케스 선장이 다시 심연의 표면을 뚫고 올라오길 기다렸다.

그러나 그는 돌아오지 않았다.

심연으로 뛰어들었던 그는 두 번 다시 돌아오지 못했다.

그가 흘린 피만 바다로 돌아와 우리 곁을 지나 우리의 하늘로 퍼져 올라갔지.

그리고 바로 거기에 그 거대한 흰색 배가 있었다. 도무지 어디서 나타났는지 알 수가 없었다. 어떻게 우리가 그 배를 보지 못했을 수가 있지? 어떻게 우리가 음파 탐지로 그 커다란 배를 감지하지 못했을 수가 있지?

토비 윅이 우리 선장님을 죽였다. 나는 적어도 그가 고통 없이 단번에 숨통이 끊어졌길 바랐다. 다음 순간 물속으로 작살이 쏟아지기 시작했다. 우리 선원들이 한꺼번에 전멸했고, 숨구멍에 정통으로 작살을 맞은 이등 실습 항해사는 미처 대응할 틈도 없이 그물에 휩싸여 심연의 표면으로 끌려가고 있었다.

삼등 실습 항해사가 재빨리 내 옆으로 헤엄쳐 왔지만 나는 눈앞에서 그녀가 물 밖으로 끌려 나가는 모습을 바라볼 수밖에 없었다. 마치 거대한 주둥이가 낚아채기라도 한 듯 그녀의 몸뚱이가 통째로 심연으로 끌려 들어갔지.

나는 겨우 정신을 차리고 수직으로 다이빙을 하기 시작했다. 우리 배는 사라졌고, 동료들은 전멸했다. 다음은 내 차례였지.

바로 그때 작살이 내게로 날아와 꽂혔다.

바닷속에서 피를 흩뿌리며 내 몸이 빙글빙글 돌았지만 작살은 떨어지지 않았다. 과다 출혈 아니면 충격으로 죽겠구나, 그러고 나면 우리 배와 동료들을 전멸시킨 그자가 내 시체를 조각조각 내겠구나 생각했다.

바로 그때 나는 어느덧 심연의 표면으로 다시 돌아와 있는 내 자신을 발견했다. 분명히 하늘 높이, 바닷속 깊이 다이빙을 했다고 생각했는데 나는 여전히 심연에 있었다. 내 지느러미와 꼬리가 공기 중에서 허우적거릴 때마다 사방으로 피와 물이 튀었다.

그때 누군가 내 머리에 꽂힌 작살을 움켜잡았고 나는 움직임을 멈췄다. 머리는 물속에 담근 채 그 자세 그대로 움직일 수 없었지. 나는 내 죽음을 직감했다. 길고 고통스러운 죽음이 되리라는 것도, 살아서 내 동료들의 복수를 하기는 글렀다는 것도 알았다.

그렇게 나는 죽음을 기다렸다.

하지만 죽음은 오지 않았다.

작살 끝이 부러져 나갔고 그 나머지 부분은 오늘날까지도 내 이마에 그대로 꽂혀 있지.

나는 풀려났다. 목으로 울컥울컥 넘어오는 피 때문에 숨을 헐떡이며 가까스로 옆으로 누우니 저 멀리 사라져 가는 흰색 배가 얼핏 시야에 들어왔다.

옆구리에 새겨진 T와 W가 보였다.

나는 죽음을 기다리다 의식을 잃었고, 상어들은 사방에 널린 다른 고래 시체에 정신이 팔려 내가 물속을 표류하도록 내버려 두었지.

다시 정신을 차렸을 때는 보다시피 지금 같은 모습이었다.

나는 살아 있었다. 작살 조각은 영원히 사라지지 않을 상처를 남긴 채 여전히 내 이마에 꽂혀 있었지. 자칫 잘못 건드렸다간 목숨이 위험해질 수 있었기에 우리 외과 의사들조차 제거 수술을 꺼렸다. 나는 평생 증표처럼 이 작살을 꽂고 살아야 했다.

증표가 굳이 필요한 건 아니었지. 그날 이후로 나는 음파 탐지 능력을 완전히 상실했으니까."

너무나도 충격적인 이야기에 우리는 침묵에 휩싸였다.

트레져와 윌렘조차 말을 잃었다. 알렉산드라 선장이 음파 탐지 능력을 아예 상실했다고? 바다 최고의 사냥꾼이라 불리는 그 위대한 알렉산드라 선장이 장님이나 다름없다고?

"이제 내가 왜 예언이라고 하는지 알았겠지. 이건 예정된 일이다. 그는 이날을 위해 날 살려 두었지. 내가 최고의 무기를 빼앗긴 뒤에도 감히 그를 사냥할 수 있는지 지켜보려고 말이다. 나는 할 수 있다. 그리고 하고야 말 것이다." 알렉산드라 선장이 다시 한 번 몸을 돌려 나를 바라보았다. 너무나도 낮고 강한 그녀의 음성에 바다조차 귀를 기울이는 듯했다. "나는 악마 토비 윔을 끝장낼 것이다. 그가 나를 악마로 만들었기 때문이 아니라 그가 스스로 나를 악마로 만들었다고 생각하기 때문이다."

"예언입니다." 트레져가 축복이라도 받은 듯 두 눈을 크게 뜨고 말했다. 윌렘도 재빨리 트레져가 한 말을 똑같이 되풀이했다. 이어서 모두의 시선이 나를 향했다.

"선장님, 저는……"

알렉산드라 선장이 다시 고개를 돌려 넓디넓은 바다를 바라보았다. 음파로는 더 이상 가늠할 수 없는, 그녀 혼자서는 온전하게 바라볼 수 없는, 길을 찾으려면 부하들에게 기대야만 하는 바다를 바라보았다.

이제 우리는 알았다. 알렉산드라 선장이 예언을 믿는 이유를, 동전의 의미를 그렇게 해석한 이유를, 토비 윅이 이 드넓은 바다에서 하고많은 고래 중에 그녀를 선택했다고 믿는 이유를 알았다.

예언이 얼마나 많은 진실을 담고 있을까, 현재는 과거를 얼마만큼 재구성할까 하는 의문은 언제나 내 마음속에만 비밀스럽게 존재했다. 알렉산드라 선장은 결국 토비 윅을 보지 못했다. 그의 머리글자가 새겨진 배만 보았을 뿐이다. 물론 그녀가 들려준 이야기는 실제로 일어난 일에 바탕하고 있었고 그 안에는 진실도 있었다. 그러나 이야기는, 특히 사냥꾼들 사이에서는 전해지고 또 전해질수록 과장되고 각색되기 마련임을 나는 잘 알고 있었다.

하지만 이야기 속에서 얼마나 많은 부분이 전설이 될까?

그리고 그 전설 속에서 결국 죽임을 당하는 쪽은 누구일까?

그 답을 알기까지 기다림은 그리 길지 않았다. 날이 다 저물기도 전에 우리는 또다시 토비 윅의 흔적을 마주했다.

27

또 다른 인간의 배였다. 하지만 완전히 뒤집혀 있었다.

심연 속으로 선체만 고개를 빼꼼 내밀고 있을 뿐 갑판이며 돛대며 돛이며 다른 모든 것은 물속에 잠겨 있었다. 마치 그들의 세계와 우리의 세계가 뒤집힌 듯한 모습으로.

치욕스럽기까지 한 광경이었다.

배는 겉으로 보기에는 멀쩡했다. 뒤집힌 이유를 짐작할 만한 손상이나 구멍이나 잔해 따위는 눈에 띄지 않았다. 온전한 상태로 버려진 배 한 대만이 우리를 기다리고 있었다.

"안에는 아무도 없는 것 같습니다." 세 번째 시찰이 끝나고 나서 트레져가 보고했다.

"익사했을 수도 있습니다." 윌렘이 말했다.

"선원들은 없는 게 분명합니다." 내가 말했다.

"선체 안에 공기가 있을 거다. 그렇지 않고선 심연에 머물러 있을 수 없지." 의심 많은 알렉산드라 선장이 이렇게 말하고선 내 쪽을 보았다. "밧세바, 포로는 뭐라고 하나?"

"아는 게 없답니다."

"그렇다면 이제 그의 쓸모도 끝난 게 아닐까 싶은데, 삼등 실습 항해사." 알렉산드라 선장이 추가적인 단서나 설명을 찾으려고 배 가까이로 다가갔다.

나는 알렉산드라 선장의 말이 무엇을 의미하는지 바로 이해했다. 하지만 이상하게 망설여졌다. 나는 이 망설임의 이유를 찬찬히 생각해 볼 기회조차 스스로에게 허락하지 않았다. 망설임은 알렉산드라 선장에 대한 두려움에 비할 바는 아니었다. 이건 그의 고통을 끝내 주기 위해서라고 되뇌며 나는 갈수록 상태가 악화되고 있는 드미트리우스에게로 다가갔다.

이건 순전히 그의 고통을 끝내 주기 위해서이다. 그렇지 않은가?

"정말 몰라? 확실해?" 내가 다시 한 번 물었다.

"안다면 말했겠지." 그가 대답했다.

"죽음을 재촉하려고 모른다고 잡아뗄 수도 있잖아."

"어쨌거나 죽일 거면서 웃기는군. 이제 그만하자."

나는 아무 말 없이 그의 주위를 맴돌았다. 드미트리우스의 말이 옳았다. 어차피 드미트리우스 앞에 놓인 선택지는 하나였다. 진실을 말해도 죽음, 거짓을 말해도 죽음이었다. 그러니 위협이 다 무슨 소용일까?

그런데 나는 왜 그를 계속 살려 두는 걸까?

"난 널 죽이고 싶지 않아." 나도 모르게 속마음이 튀어나왔다. 다행히 드미트리우스에게만 들릴 만큼 작은 목소리였다.

"그것만큼은 분명해 보이네. 넌 네 두려움을 넘어서면서까지 내 목숨을 연장해 주었어. 하지만 어쨌든 넌 나를 죽이겠지. 모든 것이 끝나기 전에. 그렇게 인간과 고래 사이에 변하는 건 아무것도 없겠지." 드미트리우스가 고개를 떨구었다.

나는 목구멍에 있는 산소 방울로 심호흡을 했다. 더 이상 미루는 건 불가능했다. 드미트리우스는 뒤집힌 배가 의미하는 바가 무엇인지 모른다고 했고, 그다음은 그가 말한 대로였다.

나는 그를 죽일 것이다. 그러면 끝날 것이다. 너무나도 많은 것들이.

나는 익사당한 새끼 고래를 떠올리려고 애썼다. 그러면 그를 죽이는 일이 조금 더 쉬워질 것 같았다.

하지만 드미트리우스는 너무나도 무기력했고, 너무나도 약했다. 고래를 사냥하던 다른 인간들과는 닮은 구석이 하나도 없었다. 내가 찾아낸 걸까? 내가 정말로 사냥하지 않는 인간을 찾아낸 걸까?

나는 물속을 서성였다. 내 망설임이 발각되는 건 시간문제였다.

"저기 안으로 들어가는 길이 있습니다!" 그때 트레져가 심연의 표면에서 소리를 질렀다. 트레져가 흥분을 감추지 못하며 알렉산드라호로 돌아왔다. "돛대 바로 뒤에 구멍이 하나 있습니다. 숨겨져 있는데도 저희가 찾은 건 우연이 아닌 것 같습니다." 트레져가 알렉산드라 선장을 똑바로 바라보며 말했다. "이건 또 다른 시험입니다. 또 다른 신호입니다."

"물론이다. 하지만 어떤 종류지?" 알렉산드라 선장이 물었다.

"제가 알아내겠습니다. 명령만 하십시오. 선장님을 위해서라면 어디든 가겠습니다. 예언이니까요." 트레져가 말했다.

"그럼 안으로 들어가 보도록. 대신 아무것도 만지지 마라." 트레져의 충성심에 알렉산드라 선장이 마지못해 명령했다.

신이 난 트레져가 우리에게 거만한 표정을 지어 보이며 꼬리를 돌려 용맹하게 인간의 배가 있는 곳으로 헤엄쳐 갔다. 우리는, 심지어 드미트리우스도 트레져가 구멍 안으로 사라지는 모습을 가만히 지켜보았다.

"저기서 죽는 거 아니야?" 윌렘이 내게 속삭였다.

"예언을 실행하고 있다고 생각하잖아." 내가 대꾸했다.

"예언이 죽음을 의미할 때도 있어."

"뭐가 보이나?" 알렉산드라 선장이 소리쳐 물었다.

"아무것도 없습니다. 텅텅 비어 있습니다. 갑판도 없고 거의 아무것도 없습니다. 잠, 잠시만요."

"뭐가 보이나? 트레져?" 알렉산드라 선장이 또다시 물었다.

"상자가 하나 있습니다. 배의 맨 위쪽, 아니 맨 아래쪽 물 바로 바깥에

형성된 공기층에 상자가 하나 있습니다." 트레져가 말했다.

"문양 같은 것이 있나?" 선장이 다급하게 물었다.

"접근하기가 어렵습니다. 네, 있습니다! 똑같은 세 개의 산이 보입니다. T와 W입니다." 트레져가 환희에 찬 목소리로 대답했다.

만족스러운 듯 알렉산드라 선장의 거대한 몸이 굽이치는 물결 사이로 더욱 부풀어 보였다.

"그리고……" 트레져가 말을 이었다.

알렉산드라 선장이 귀를 쫑긋 세웠다. "그리고 뭐? 트레져? 뭐가 보이는지 말해라."

"지는 해가 보입니다. 해가 질 때 만나자는 뜻인 것 같습니다." 선체 안에서 웅웅 울리며 들려오는 트레져의 목소리는 승리감에 한껏 도취되어 있었다.

"확실한가?"

"제가 가져가서 보여 드리겠습니다." 트레져가 대답했다.

"아니! 기다려라, 트레져. 내가 명령……"

그러나 트레져가 한발 먼저 공기층을 뚫고 상자를 입에 문 게 분명했다. 배가 폭발했기 때문이다.

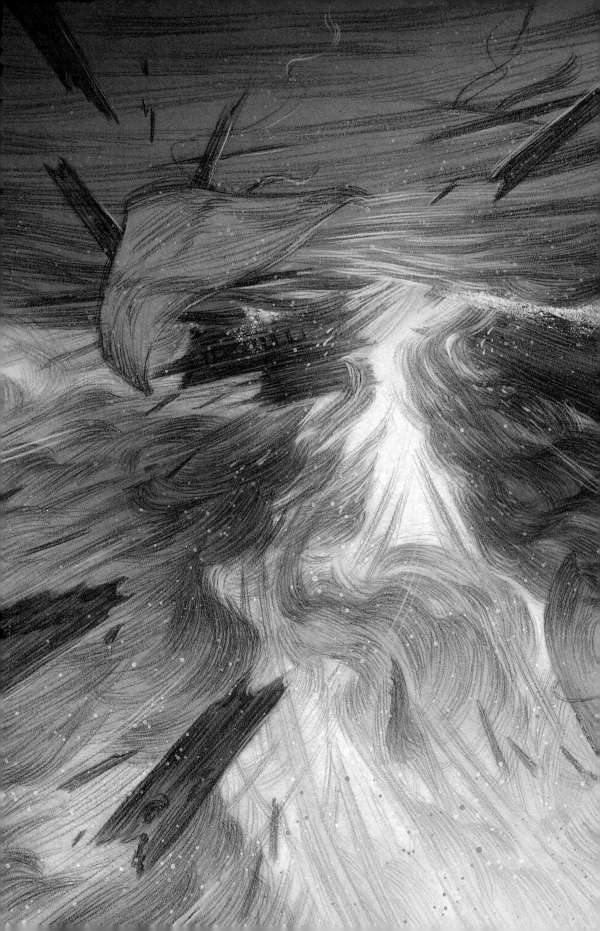

28

당연한 얘기지만 폭발의 파괴력은 대부분 심연에 집중
됐다. 물은 공기보다 훨씬 나은 방벽이었다. 그렇다고는 해도 폭발의 충격
으로 우리 주변의 바닷물이 심하게 요동쳤다. 물거품과 함께 폭발한 배의
파편이 아찔한 속도로 우리 옆을 스쳐 지나갔다. 아무도, 특히 알렉산드라
선장만 한 크기의 고래가 파편에 맞지 않은 것은 순전히 운이었다. 알렉산
드라 선장을 아슬아슬하게 빗겨 간 뾰족한 파편이 여기저기 꽂혀 있었다.

"트레져?" 폭발로 인한 파동이 잦아들기도 전에 윌렘이 트레져의 이름
을 불렀다. 휘둥그레진 두 눈에 공포가 가득했다. "트레져!"

"죽었다, 예언대로." 알렉산드라 선장이 말했다.

"누구의 예언입니까?" 내가 울부짖었다.

알렉산드라 선장이 나를 보며 인상을 썼다. "어차피 예정된 일이었다.
트레져도 알고 있었고, 나도 알고 있었지. 일어날 일이 일어난 것뿐이야."

"정말인가요?" 윌렘이 넋 나간 목소리로 물었다.

분노를 참지 못한 나는 여전히 소용돌이치고 있는 파편 속으로 돌진
했다. 윌렘이 내 뒤를 바짝 따라왔다. 하지만 생존자가 없다는 건 분명했
다. 그나마 우리가 찾은 건 깐죽거리길 좋아하고 자부심 넘쳤던 우리 일
등 실습 항해사의 희미한 핏줄기와 형체를 알아볼 수 없는 살점뿐이었다.

"트레져가 죽었어." 윌렘이 중얼거렸다.

나는 알렉산드라 선장에게로 몸을 돌렸다. "트레져가 죽는다는 예언은

들은 기억이 없습니다."

"그렇다면 그건 네가 무지하기 때문이지. 모든 것이 예언이다. 인생은 이미 정해진 운명대로 일어날 뿐이다. 토비 윅은 우리를 찾아낼 운명이지. 트레져는 이 메시지를 전하고 죽을 운명이었고. 심지어 의심 많은 밧세바 네가 여기에 있는 것조차 운명이다. 그리고 토비 윅을 찾아내 무찌르는 것이 살아남은 우리의 운명이다." 알렉산드라 선장이 날카롭게 대꾸했다.

내 안에서 걷잡을 수 없는 분노가 일었다. "그 운명은 누가 정한 겁니까? 선장님은 복수심 때문에 그걸 가능케 하는 예언만 보시는 겁니다."

"그렇다면 이 질문을 하지 않을 수가 없구나. 밧세바, 왜 너는 그 예언을 보려 하지 않지? 네 동료가 죽었다. 용감한 고래가 수없이 죽었다. 네 어미도 죽었다. 네 우주는 정말로 그렇게 아무런 의미가 없나?"

"선장님의 우주야말로 더 많은 죽음을 불러올 의미로만 가득한 것 아닙니까? 더 많은 전쟁을 불러올 의미로만요!"

다음 순간 알렉산드라 선장의 꼬리가 나를 사정없이 강타했다. 내 입에서 피가 터져 나왔다.

"어리석은 애송이 같으니라고. 내 눈에는 우리를 여기로 이끈 예언 하나하나가 분명하게 보인다. 그러나 밧세바, 그 예언의 결말은 전쟁의 종식이다. 토비 윅의 죽음이다. 그게 내가 불러올 결말이자 네가 나를 도와 불러올 결말이다. 네가 돕지 않겠다면 맹세컨대, 너는 내 손에 죽음을 맞이할 것이다." 알렉산드라 선장이 불쌍하다는 듯이 말했다.

그때 누군가의 목소리가 들려왔다. "실습 항해사가 또 모자라는군."

아크투루스 선장과 그의 배가 우리 쪽으로 다가오고 있었다. 즐거움이 깃든 다분히 위협적인 목소리였다.

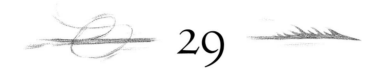

29

"폭발음을 들었소." 아크투루스 선장과 그의 세 실습 항
해사가 금방이라도 우리를 포위하려는 듯한 대형으로 거리를 좁혀 왔다.

"그만하면 충분히 가까운 것 같군요." 알렉산드라 선장이 옆구리로 아
크투루스 선장을 막아서며 말했다. 고래들 사이에 옛날부터 통용되던 경
고의 몸짓이었다. 내가 얼마나 거대한지 잊지 말라는.

"물속에서 이상한 언어를 들었소. 곤경에 처한 건 아닌가 해서 말이오."
아크투루스 선장이 산소 방울 속에 외로이 갇혀 있는 드미트리우스를 흘
긋 넘겨다보며 말했다.

"고맙지만 도움은 필요 없습니다." 알렉산드라 선장이 딱 잘라 말했다.

"하나 배 한 대가 날아갔잖소. 보아하니⋯⋯" 아크투루스 선장이 코를
킁킁거리며 물속에 밴 피 냄새를 맡았다. "그쪽 실습 항해사 하나도 함
께 말이오. 게다가 돛대에는 인간도 하나 묶여 있고." 그의 목소리에서 웃
음기가 배어 나왔다. "우리가 도와줄 수 있는 일이 분명히 있을 것 같소
만⋯⋯."

알렉산드라 선장과 떨어진 곳에서 윌렘이 방어 태세를 갖추는 모습이
눈에 들어왔다. 무의식중에 나도 똑같은 자세를 취했다.

"아크투루스 선장, 지금 내게는 이러고 있을 시간도, 인내심도 없습니
다. 공격을 하시든지 아니면 그냥 가던 길 가시지요." 알렉산드라 선장이
말했다.

"공격이라니요? 우리가 왜 그런 짓을 한답니까?" 아크투루스 선장이 도무지 무슨 소리인지 못 알아듣겠다는 듯이 말했다.

그의 말이 미처 끝나기도 전에 알렉산드라 선장이 행동을 개시했다.

지금껏 단 한 번도 본 적 없는 빠른 속도로 알렉산드라 선장이 바닷물을 뚫고 아크투루스 선장에게로 돌진했다. 어찌나 빠른지 그녀가 일으킨 물보라에 내 몸이 옆으로 밀려날 정도였다. 살아 있는 거대한 작살처럼 알렉산드라 선장은 이빨을 드러낸 채 꼬리를 맹렬하게 휘저으며 아크투루스 선장에게 달려들었다. 방금 전 폭발이 일어났을 때처럼 바닷물이 요동쳤다.

눈 깜짝할 새에 벌어진 일이었다. 미처 대비할 틈도 없이 알렉산드라 선장이 아크투루스 선장의 턱 밑을 들이받았다. 아크투루스 선장의 몸뚱이가 위로 솟구치며 뒤에 있던 그의 배에 부딪쳤다. 바닷물이 어느새 그의 피로 물들었다. 알렉산드라 선장의 힘이 어찌나 강했던지 아크투루스 선장의 배가 안쪽으로 부서졌다. 보고도 믿을 수 없는 광경이었다. 우리 위대한 알렉산드라 선장이 아크투루스 선장을 그의 배 안으로 처박아 넣고 있었다.

"어딜 감히!" 알렉산드라 선장을 공격하려 다가서는 아크투루스 선장의 실습 항해사 셋을 윌렘이 재빨리 막아서며 소리쳤다. 나도 빠르게 합세했다. 저쪽은 셋이고 우리는 둘이었지만 우리의 기세에 눌린 상대편이 머뭇거렸다.

내 감정을 돌아볼 새도 없이 내 몸이 먼저 반응하고 있었다. 불과 몇 초 전 알렉산드라 선장에게 대들던 기억은 까맣게 잊은 채 나는 그녀를 위해서 싸우고 있었다. 왜? 그녀의 힘이 압도적이라서? 아니면 우리의 충격과

슬픔을 이용하려는 약삭빠른 아크투루스 선장 무리를 향한 그녀의 분노가 정당하기 때문에? 별다른 근거도 없이 모든 사건을 정당화하는 예언 때문이 아니라는 것만큼은 분명했다.

그러나 나는 여기에 있었다.

"수적으로 우리가 우세해." 아크투루스 선장의 일등 실습 항해사가 말했다.

"그래도 우린 싸울 거야." 윌렘이 말했다.

"그리고 우리가 이길 거야. 우리 선장님이 너희 선장님을 이기고 있는 것처럼." 내가 덧붙였다.

그건 사실이었다. 알렉산드라 선장은 아크투루스 선장을 그의 이름을 딴 배 안으로 더욱더 깊숙이 밀어 넣고 있었다. 아크투루스 선장은 꼬리를 휘저으며 안간힘을 썼지만 알렉산드라 선장이 더 크고 더 강했다. 그 크기와 힘에 눌려 아크투루스 선장은 꼼짝 못 했다.

마침내 아크투루스 선장이 울부짖었다.

"항복! 항복이오!"

그 말이 떨어지자마자 알렉산드라 선장이 아크투루스 선장을 풀어 주었다.

그러나 싸움에서 항복을 구걸한 고래는 풀려나도 진정으로 풀려난 게 아니었다. 이 치욕은 죽는 날까지 그를 따라다닐 것이다. 그때까지 얼마나 많은 날이 남았는지는 몰라도.

우리가 이겼다.

30

아크투루스 선장은 무리를 이끌고 떠났다. 그 뒷모습도

마지막이었다. '항복'을 외친 선장 밑에 남아 있을 실습 항해사는 없었다. 그건 나나 윌렘이라도 마찬가지일 것이다. 몸에 난 가벼운 상처는 안중에 도 없다는 듯 알렉산드라 선장은 우리를 바라보며 딱 한마디를 던졌다.

"토비 윅을 만나러 갈 시간이다."

31

"해가 지는 날이 정확히 언제인지 알아내라. 알고 있다

면 그의 말이 사실로 드러나는 순간 고통을 끝내 주겠다고 전해라. 모른다

면 지금 당장 죽여라." 알렉산드라 선장이 내게 명령했다.

　　나는 즉시 드미트리우스에게로 다가갔다. "선장님이……"

　　"들었어." 드미트리우스와 내 눈이 마주쳤다. "아이러니하지. 마침내 내가 고래의 말을 알아듣게 된 순간이 하필 내 죽음을 말할 때라니.”

나는 망설였다. 나도 모르는 사이에 내 머리에서 입으로 단어들이 저절로 흘러나왔다. “세 개의 삼각형은 세 개의 섬이야. 너는 혼란을 틈타 그중 하나로 헤엄쳐 달아나. 이제 말해 줘. 난 널 죽이지 않을 거야.”

“넌 네 마음조차 제대로 모르는구나.” 드미트리우스가 말했다.

“죽음은 이제 충분하지 않아?” 너무도 짧은 시간에 일어난 이 수많은 일들로 내 머릿속이 소용돌이쳤지만 생각의 끝에는 항상 이 질문만이 남았다. 게다가 드미트리우스가, 작고 악한 드미트리우스가 했던 말이 머릿속을 떠나질 않았다. ‘꼭 토비 웍처럼 말하는구나.’ 인간의 세계에서 드미트리우스가 어떤 삶을 살았는지 나는 단 한 번도 물어보지 않았다. 물어볼 생각조차 하지 않았다. 내게 모든 인간은 사냥꾼이었다. 하지만 강제로 배에 올라 사냥을 하도록 강요받았지만 거절했다던 그의 말이 사실이라면 그건 무슨 뜻일까?

그건 도대체 무슨 뜻일까?

“죽음은 이제 충분하지 않아?” 내가 다시 물었다.

“다른 고래의 죽음? 네 옆에 있던 고래가 죽으니까 갑자기 죽음을 반대하고 싶어졌나 보지?”

그 신랄한 대꾸에 나는 곧장 돛대로 다가가 그의 머리 바로 위쪽을 내리쳤다. “우리 엄마는 인간의 손에 죽었어. 그러니 감히 내게 죽음을 반대해야 한다는 당위를 가르치려 들지 마.”

“다시 말하지만 넌 네 마음조차 제대로 몰라.”

“넌 전에 뭐였어?”

갑작스러운 질문에 드리트리우스가 혼란스러운 듯 눈을 깜박였다.

"네가 붙잡히기 전에. 네가 여기로 오기 전에. 넌 뭐였어?"

"나는…… 제빵사였어." 여전히 혼란스러운 얼굴로 그가 대답했다.

"제빵사가 뭔데?"

"빵. 케이크." 이번에는 드미트리우스가 내 얼굴에 떠오른 혼란스러움을 읽었다. 여기 물속에서는 아예 존재하지 않는 개념이었다. "이를테면 어떤 종류의 먹이를 만드는 일을 했어."

나는 다시 한 번 드미트리우스에게로 가까이 다가갔다. "그렇다면 이건 알아 둬, 제빵사 드미트리우스. 죽음이 다가오고 있어. 내 힘으로는 막을 수 없는 죽음이야. 크고 헤아릴 수 없는. 하지만 어쩌면 내가 구할 수 있는 목숨이 하나는 있을지도 몰라. 그리고 그게 이 전쟁을 끝내는 방법인 건 확실해. 격변이 아니더라도, 작은 목숨을 하나 살리는 것만으로도 이 전쟁을 끝낼 수 있어. 나는 내 마음은 모를지 몰라도 내가 악마가 되지 않으리라는 것만큼은 알아."

드미트리우스가 초조하게 원을 그리며 맴도는 나를 가만히 바라보았다. 알렉산드라 선장이 기다리고 있었다. 오래 기다려 주진 않을 것이다.

"내일. 내일 해 질 무렵이야." 마침내 드미트리우스가 입을 열었다.

"알고 있었구나. 너는 줄곧 알고 있었어." 내가 속삭이다시피 말했다.

드미트리우스도 내게 속삭이듯 말했다. "널 죽음으로 내몰고 싶지 않았어, 밧세바."

단순히 해가 지고 난 뒤라 그런지는 몰라도 바다는 다시 한 번 깜깜한 어둠 속에 휩싸였다.

32

나는 알렉산드라 선장에게 드미트리우스가 한 말을 전했다. 우리는, 알렉산드라 선장과 그녀의 실습 항해사 둘과 그녀의 이름을 딴 배를 관리하는 선원들은 밤바다를 헤치고 나아갔다. 우리는 전장으로 나아갔다. 머릿수는 턱없이 부족했다. 선원들이 실습 항해사로 승진할 수는 없었다. 배를 관리하는 기술과 전투 기술은 서로 달랐다. 게다가 자신들의 일에 자부심을 가진 선원들은 우리 실습 항해사들을 무시하곤 했다. 하지만 선원들도 전투에 참여해야 하는 상황이 닥친다면 과연 하룻밤 사이에 익힐 수 있는 전투 기술은 얼마나 될까?

우리는 작살을 동여매고 헤엄쳤다.

그랬다. 우리는 전장으로 나아가고 있었다.

드미트리우스의 말이 맞았다. 나는 내 마음조차 몰랐다. 나는 내가 왜 그를 살려 주겠다고 했는지 알지 못했다. 어차피 그는 죽음을 피할 수 없을 만큼 쇠약한 상태일지도 몰랐다. 내가 어찌 알겠는가? 인간의 몸은 내게 수수께끼였다.

하지만 내가 과연 그를 죽일 수 있을까? 비록 엄마를 죽인 것도, 트레져를 죽인 것도, 이루 헤아릴 수 없는 고래를 죽인 것도 인간이었지만……

드미트리우스가 죽인 것은 아니었다. 게다가 우리는 둘 다 서로의 목숨을 구하고 싶어 했다.

나는 내 마음을 알지 못했다. 이 끝은 결국 나의 죽음일 것이다.

"정신을 어디다 두고 있는 거야, 트레져 옆에 두고 온 거야?" 옆에 있던 윌렘이 말했다.

"솔직히 말하면 나도 잘 모르겠어."

"그건 나도 마찬가지야. 떼죽음을 당한 고래 무리보다 트레져의 죽음이 내겐 더 충격이야. 이렇게 느끼는 게 잘못일까?"

"네 삶에서는 고래 무리보다 트레져가 훨씬 더 큰 부분을 차지했으니까. 당연히 이해해."

"언제나처럼 사려 깊구나, 밧세바."

그 말에 나는 정신이 번쩍 들었다. 윌렘은 항상 천하태평으로 그녀만의 작은 세계에 빠져 살았다. 이렇게 말하면 좀 그렇지만 별로 생각이 없었다. 충성스러웠지만 일개 실습 항해사일 뿐 결코 선장이 될 재목은 아니었다.

"무슨 뜻이야?" 내가 물었다.

"넌 남들이 못 보는 것을 본다고."

"그럴지도."

"그렇다고 네가 옳다는 뜻은 아니야."

"그래, 하지만 요즘 들어 잘못된 지식보다는 의심이 낫다는 생각이 들어."

윌렘은 나를 흘긋 쳐다보았다. "거기 도착하면 난 싸울 거야. 알렉산드라 선장을 도와 토비 윅을 무찌를 거야. 일등 실습 항해사로서 그렇게 할 거야. 그러니 밧세바 너는 이등 실습 항해사로서 우릴 돕도록 해."

방금 그 상황을 이해하기까지는 시간이 조금 걸렸다. 윌렘이 내게 명령하고 있었다. 내가 미처 대답을 하기도 전에 윌렘은 잠깐 휴식을 취하고 있는 알렉산드라 선장의 뒤로 일렁이는 물결을 타고 앞으로 헤엄쳐 가 버렸다. 나는 그 자리에 그대로 머물러 있었다. 알렉산드라 선장과 윌렘보다는 뒤였고 알렉산드라호보다는 앞이었다.

이등 실습 항해사의 자리였다.

윌렘이 맞았다. 우리 둘 다 한 계단 승진했다. 그리고 이등 실습 항해사는 일등 실습 항해사의 명령에 복종해야 했다.

33

그날 밤 우리는 다사다난했던 여정 끝에 수많은 위험을
헤치고 제시간에 세 개의 산이 있는 곳에 도착해서 토비 웍과 싸웠고 마침내 승리했다고 이야기를 마칠 수 있었으면 좋겠다.

하지만 실제로 우리는 약속된 시간보다 빨리 도착했다.

텅 빈 바다에 세 개의 산이 덩그러니 떠 있었다. 우리의 하늘에 매달린 채 심연을 뚫고 나온 세 개의 산은 마치 바다의 신이 있다면 이런 모습이지 않을까 하는 생각이 들게 했다. 그 주변으로 바닷물이 넘실댔다. 그런데 다양한 생명체로 넘쳐 나야 할 바다가 이상하리만치 공허했다.

사냥감도 보이지 않았다.

"토비 웍은 어디에 있나?" 알렉산드라 선장이 화가 난 목소리로 말했다.

놀랍게도 알렉산드라 선장의 말에 드미트리우스가 직접 대답했다. "난

겁에 질린 선장이 내게 했던 말을 그대로 전했을 뿐이야. 해가 질 때쯤 토비 윅이 여기에 나타날 거야."

"너는 토비 윅의 최후를 똑똑히 지켜보아라. 그때까진 살려 두지. 그리 긴 시간은 아니겠지만." 알렉산드라 선장이 드미트리우스에게로 가까이 다가서며 말했다.

"그래 그럴지도."

아무래도 상관없다는 듯한 드미트리우스의 태도에 당황한 알렉산드라 선장이 나를 쳐다보았다. "슬픔에 잠겨 있는 상태라 그렇습니다. 인간에 대해 이미 알려진 대로요." 내가 대답했다.

"하여튼 인간들이란, 나약해 빠져서는." 알렉산드라 선장은 선원들과 이야기를 하러 뱃고물로 헤엄쳐 갔다. 선원들은 벌써 알렉산드라 선장이 머리에 쓸 투구와 꼬리에 찰 산호 칼 같은 무기를 꺼내서 정비하느라 분주했다. 이 오래된 무기들은 거추장스러웠지만 그 위력은 대단해서 커다란 배를 상대로 다른 고래 무리와 협동 작전을 수행할 때만 쓰였다.

실습 항해사들에게 추가로 지급되는 무기는 없었다.

"토비 윅은 함대를 끌고 올 거야. 네가 아끼는 인간이 뭐라고 했든지 간에." 윌렘이 다시 내 옆으로 다가와 말했다.

"그럴지도 모르지." 내가 대꾸했다.

"하지만 우리 배는 한 척뿐이야."

"이제 와서 의심하기에는 조금 늦은 것 같은데, 윌렘."

"의심하는 게 아니야. 우리의 승리가 얼마나 위대한 승리가 될 것인지를 말하는 거야. 우리의 가장 큰 무기는 바로 예언이야." 윌렘이 나에게도 그런 믿음이 필요하다는 듯이 확신에 찬 어조로 말했다.

"어리석고 가여워라." 순찰에 나서는 윌렘의 뒷모습을 바라보며 드미트리우스가 속삭였다. "저들에게 안타까운 마음은 없어." 드미트리우스가 고갯짓으로 나머지 고래들을 가리키며 말했다. "난 다만 네가 안타까울 뿐이야."

"우리가 죽을 거라 생각하는구나."

"생각이 아니야."

"토비 윅의 함대가 우리보다 수적으로 훨씬 우세해?"

"악마는 언제나 수적으로 우세해. 설사 혼자일지라도." 드미트리우스가 대답했다.

"그게 무슨 뜻이야?"

"소문일 뿐이야. 전해 내려오는 이야기일 뿐이라고. 너나 나나 모르는 건 마찬가지야. 토비 윅이 나타났을 때 그때 보면 알겠지."

드미트리우스 말이 옳았다. 심연에서 해가 저물고 바닷속에도 문어 먹물처럼 밤이 스미자 토비 윅이 나타났다.

그리고 우리는 보았다.

34

해가 수평선에 닿자마자 세 개의 섬 사이로 말로만 듣던 토비 윅의 흰색 배가 모습을 드러냈다.

그토록 고대하던 순간은 너무나도 순식간에 닥쳤다. 준비가 되었다고 생각했지만 아니었다. 평생 지금 이 순간을 위해 달려왔지만 어쩌면 준비란 건 애초에 불가능한 일이었는지도 모른다.

섬의 모퉁이를 돌아 마침내 우리의 악마가 모습을 드러냈다.

"혼자 왔군. 인간의 말이 사실이었어." 알렉산드라 선장은 놀라움을 감추지 않았다.

나는 드미트리우스를 바라보았다. 토비 윅에게 고정된 그의 두 눈에는 공포가 가득했다. 두려움으로 속이 메스꺼웠다. "저라면 안 믿었을 텐데요." 내가 말했다.

"내가 그럴 거라 생각했다면 그건 나에 대한 모욕이다." 알렉산드라 선장의 눈은 토비 윅의 거대한 흰색 배에서 떨어질 줄을 몰랐다. "마침내 운명의 순간이 다가왔다. 나의 실습 항해사들이여, 우리는 선택받은 자들이다. 사랑하는 밧세바, 예언이든 운명이든 우연이든 너 또한 우리 모두에게 닥친 이 운명의 순간을 피할 수 없다."

"네, 선장님. 저도 피할 수 없습니다." 내가 대답했다.

"예언의 끝을 맞이할 수 있는 고래는 행운이지. 모두 준비해라." 알렉산드라 선장의 명령이 떨어졌다.

마지막 말은 굳이 하지 않아도 될 말이었다. 이미 한 번의 낮과 밤이 꼬박 지났다. 전술적인 준비는 모두 마친 뒤였다. 알렉산드라 선장은 갑옷을 둘렀고, 실습 항해사인 나와 윌렘은 작살을 찼고, 기다리는 동안 작전 회의도 마쳤다. 드미트리우스가 우리에게 해 줄 수 있는 말은 이제 남아 있지 않았다. 하지만 알렉산드라 선장은 그의 존재를 까맣게 잊은 듯했다. 마침내 그날이 왔다. 포로로 잡은 인간 하나쯤이야 나중에 처리해도 될 일이었다.

"아플까?" 윌렘이 나지막한 목소리로 물었다.

"뭐라고?"

"죽을 때 말이야, 아프려나?"

그제야 비로소 나는 윌렘의 다른 점이 무엇인지를 깨달았다. 알 수 없는 질문에 답을 구할 때에도 윌렘의 눈은 마치 조류에 관한 과학적 질문에 답을 구할 때와 별반 다르지 않은 순수한 호기심으로 가득했다.

진정으로 믿는 자에게서만 볼 수 있는 눈이었다.

"우리가 죽을 거라고 생각하는구나?" 내가 물었다.

"영광스러운 목적을 위해서지. 토비 윅의 죽음을 위해서. 하지만 우리 이름은 남을 거야. 우리 이름은 길이길이 살아남을 거야." 윌렘의 두 눈이 반짝였다.

"한 명이라도 살아남아 이야기를 전해 줄 수 있다면 말이지."

윌렘의 눈동자가 흔들렸다. 바로 그때 화산이 폭발하듯 알렉산드라 선장의 불호령이 떨어졌다. "운명의 순간이 눈앞에 있는데 감히 잡담을 해?" 알렉산드라 선장이 우리 쪽으로 꼬리를 휘둘렀지만 소용돌이만 일으켰을 뿐 아무도 맞지 않았다. 알렉산드라 선장의 정신은 온통 이쪽으로 다가오는 토비 윅의 배에만 쏠려 있었다.

토비 윅의 배가 심연의 표면을 가로질러 우리 쪽으로 다가왔다. 그러나 결코 빠르다고는 할 수 없는 속도였다. 토비 윅은 전투를 언제 시작할지는 자기가 결정하겠다는 듯이 일정한 속도를 유지하며 다가왔다.

그러나 그건 그만의 착각이었다.

"상승 시작." 알렉산드라 선장의 명령이 떨어짐과 동시에 윌렘과 나는 하늘로 솟구쳐 올랐다.

35

작전대로 윌렘과 나는 하늘 깊숙이 헤엄쳐 올랐다. 이
넓디넓은 바다에서 전설 속의 괴물인 토비 윅을 상대로 첫 번째 공격을
감행할 주인공은 우리 두 마리 작은 고래였다. 우리는 하늘 높은 곳에서
심연으로 단숨에 뛰어내려 동시에 양쪽에서 토비 윅의 배를 공격할 작정
이었다. 둘 중 하나는 틀림없이 죽을 것이다. 그러나 최소한 잠깐이라도
토비 윅의 주의를 분산시킬 수 있을 것이다. 그러면 그 틈에 알렉산드라
선장이 하늘에서 토비 윅이 탄 거대한 흰색 배의 중앙을 그대로 들이받
을 것이다.

정신 나간 짓이었다. 불가능한 작전이었다. 지금껏 성공한 고래가 단
한 마리도 없는데 우리라고 해서 뭐가 다르겠는가?

예언을 받은 자들이니까?

바다 깊이, 하늘 높이 우리는 헤엄쳐 올라갔다. 나를 붙드는 바다의 손
길이 느껴졌다. 내 눈은 도시의 불빛을 찾아 수 킬로미터 반경을 더듬었
다. 우리 종족이 일하고 살아가는 삶의 터전을 그 형체라도 느끼고 싶었던
나는 음파까지 쏘았다. 우리는 발광 생물에서 빛을 창조했다. 산소 방울을
크게 확대해 놓은 듯한 산소 우물은 심연의 표면에서 우리를 거의, 거의
해방시켜 준 혁신적인 발명이었다. 나는 내 종족들에게 필사적으로 메시
지를 보냈다. 나는 여기 있어요. 당신들도 여기 있나요?

그러나 아무도 대답하지 않았다. 이쪽 하늘에는 저 세 개의 섬만이 덩

그러니 존재했다.

우리는 혼자였다.

"회전." 알렉산드라 선장은 윌렘과 나 사이를 스쳐 지나가며 명령했다. 그녀는 깊이, 더 깊이 올라갔다. 그녀의 차례는 우리보다 나중이었다. 알렉산드라 선장의 힘은 우리와는 비교할 수 없을 만큼 강했다.

윌렘과 나는 곡선을 그리며 심연의 표면으로 빠르게 하강했다. 위험하기 짝이 없는 인간의 세계가 가까워질수록 압력이 느슨해지고 폐 안으로 공기가 들어오면서 산소 방울이 부풀어 올랐다.

"우현을 공격해." 윌렘이 명령했다.

"나도 알아." 내가 대답했다.

"난 좌현을 맡을게."

"나도 안다고."

"오늘이 영광스러운 날이 되길. 우리의 이름이 길이길이 기억될 날이 되길."

"네 이름은 내가 이미 기억하고 있어, 윌렘. 윌헬미나."

"예언대로야."

"이미 일어난 일이니까 그렇게 말할 수 있는 거야."

우리는 내려가고 내려가고 또 내려갔다. 우리가 지나가는 자리마다 바닷물이 요동쳤다. 심연이 점점 더 가까워졌다. 일 년 가까이 내 집이 되어 준 알렉산드라호가 시야에 들어왔다. 선원들이 응원과 격려를 담은 음파를 쏘아 대며 우리의 공격을 지켜보고 있었다.

드미트리우스도 거기에 있었다. 여전히 돛대에 묶인 채로. 나는 그에게 했던 약속을 지킬 수 있을까 생각했다. 나는 실제로 그와 무슨 약속을 했었는지 생각했다.

해가 저물면서 심연을 분홍빛으로 물들였다. 심연의 표면과 가까운 바닷물은 여전히 그날의 마지막 빛을 머금고 있었다.

그리고 그 빛 속에서 우리는 보았다.

"안 돼." 공포에 질린 월렘의 목소리가 들렸다.

"공격 중지!" 나는 소리를 지르며 홱 방향을 틀어 경로를 이탈했다.

"안 돼!" 또다시 월렘의 목소리가 들려왔다. 내 외침에 대한 응답인지 아니면 공포에 질린 비명인지 나는 끝끝내 알 수 없었다. 월렘은 살아서 돌아오지 못했다.

우리가 그것을 보았을 때는 이미 너무 가까이 다가간 뒤였다. 멈추기에는 너무 늦어 버린 뒤였다. 우리 실수를 깨닫기에는 너무 늦어 버린 뒤였다.

거대한 흰색 배는 토비 윅의 배가 아니었다.

토비 윅 그 자신이었다.

36

거대한 주먹 하나가 심연에서 튀어나왔다. 그가 줄곧 감추고 있던 주먹을 우리는 이제 똑똑히 볼 수 있었다. 그 주먹이 월렘을 움켜잡았다. 외마디 비명과 함께 월렘은 물 밖으로 끌려 나갔다. 몇 초 후에 바닷속으로 피가 쏟아져 내렸다. 거의 두 동강 나 버린 월렘의 몸뚱이가 풍덩 소리를 내며 떨어졌다.

슬픔을 느낄 새도 없이 이번에는 토비 웍의 반대쪽 팔이 나를 향해 다가왔다. 이로써 양쪽에서 그를 공격하려던 우리 작전은 최악의 작전이었음이 드러났다. 거대한 손가락을 가까스로 피하긴 했지만 잠깐 붙들린 꼬리지느러미의 절반이 마치 해초 뽑히듯 뜯겨 나갔다. 나는 고통 속에 비명을 지르며 구르다시피 알렉산드라호로 돌아왔다.

겨우겨우 드미트리우스 옆으로 다가간 나는 엄청난 혼란에 휩싸인 채 울부짖었다. "왜 말 안 했어?"

드미트리우스가 넋이 나간 얼굴로 나를 바라보았다. "나도 몰랐어. 이야기로만 들었지."

"그는 악마야."

"밧세바." 드미트리우스가 내 이름을 불렀다.

그게 그의 마지막 말이 되었다. 토비 웍의 거대한 흰색 몸이 마지막 햇빛을 가렸다. 악마는 우리가 오징어 떼를 잡아먹듯 우리 선원들을 힘 하나 들이지 않고 죽였다. 나는 또다시 가까스로 빠져나왔다.

그리고.

그리고.

물속으로 들이민 그 끔찍하고도 끔찍한 얼굴. 따개비로 뒤덮인 내 머리통만 한 이빨. 자비와 타협이라곤 찾아볼 수 없는, 바닷속에서도 부릅뜬 광기 어린 두 눈. 알렉산드라호를 낚아채던 순간 입가에 떠오른 승리의 미소. 그 끔찍한 얼굴 뒤로 넘실대던 해초가 자라고 상어가 드나드는 머리카락.

바로 그 순간 나는 보았다.

그는 고래였다. 인간의 팔과 얼굴을 지녔지만 그는 고래이기도 했다. 심연의 고래. 우리의 괴물 같은 단면이 투영된 고래이자 인간의 괴물 같은 단면이 투영된 인간. 고래의 세계와 인간의 세계가 만나는 해수면 같은 존재.

그가 고래를 학살하는 것은 당연했다. 그가 인간을 학살하는 것도 당연했다.

토비 윅이 마치 가지고 놀던 장난감을 부수듯 우리 배를 박살 내고 있을 때였다.

"드미트리우스!" 나는 꼬리에 입은 부상으로 균형을 잡느라 안간힘을 쓰는 와중에도 그의 이름을 부르짖었다. 나는 지금도, 세월이 이렇게 흐른 지금도 그 부상이 아니었다면 드미트리우스를 향해 헤엄쳤으리라 혼잣말을 하곤 한다. 동시에 정말 그랬을까 스스로에게 되묻곤 한다. 나는 과연 그 한 명의 인간을 구하기 위해 내 모든 공포를 극복할 수 있었을까? 실패할 것이 불 보듯 뻔한데도?

토비 윅이 드미트리우스를 향해 거대한 주먹을 뻗는 순간 우리는 눈이 마주쳤다. 내 이름이 드미트리우스가 남긴 마지막 말이 되었다. 내 입에서 나온 그의 이름이 그가 들은 마지막 말이 되었다.

여기에 어떤 의미가 있을까? 만약 드미트리우스와 나, 우리 둘에게만 의미가 있다면 그 의미는 그만큼 축소되어 버리는 걸까? 드미트리우스가 죽는 순간 나는 새끼 고래의 시체를 발견했을 때 느꼈던 것처럼 내 안에서 무언가 툭 끊겨 나가는 것을 느꼈다.

"드미트리우스." 토비 윅이 그를 손에 꽉 쥐던 순간 나는 나한테만 들리도록 나지막이 그의 이름을 한 번 더 불렀다. 나는 드미트리우스가 죽는 순간 그의 마지막 얼굴을 보았다. 평안하기 그지없었다.

일종의 경외심까지 서려 있었다.

다음 순간 나는 악마와 함께 바다에 홀로 남겨졌다.

여기 예언이 있었다. 여기 육체로 현신한 예언이 있었다. 그리고 이제 나는 진실을 보았다. 우리 엄마를 죽인 대학살부터 알렉산드라 선장에게 작살을 꽂고 놓아준 인간에 이르기까지 우리가 토비 윅의 탓으로 돌렸던 모든 공격이 그에게 생명을 불어넣어 주었다. 악마를 상상해 낸 것도, 악마를 현실로 불러낸 것도 우리였다.

토비 윅이 알렉산드라호의 돛대를 부수고 갑판을 찢어발기고 배 안에 있던 모든 것들을 바다 가장 깊숙한 곳까지 던져 버렸다. 드미트리우스의 시체만이 심연을 떠다녔다. 우리 고래를 비롯해 공기를 마시는 모든 생명체는 죽으면 심연으로 돌아갔다.

토비 윅이 나를 해치우러 돌아왔다.

바로 그때, 어둠 속에서 알렉산드라 선장이 튀어나와 토비 윅의 배를 꿰뚫었다.

143

37

토비 윅이 심연에서 울부짖었다. 벌어진 입에서 공기 방

울이 쏟아졌다. 그 소리가 어찌나 큰지 물속에 있던 내 귀가 잠시 먹먹해

질 정도였다.

그러나 아무것도 내 눈을 가릴 순 없었다.

이 혼돈 속에서도, 이 상상조차 못했던 대가를 치르고도 알렉산드라 선

장의 작전이 통하고 있었다. 윌렘도 죽고 선원들도 죽고 드미트리우스도

죽었다. 그 모든 죽음 위에 나의 죽음을 얹고자 토비 윅이 아주 잠시 한

눈판 사이에 침몰한 알렉산드라호의 선장 알렉산드라가 그를 들이받았

다. 토비 윅을 심연으로 튕겨 낼 만큼 알렉산드라 선장의 공격은 강하고

도 빨랐다.

그녀의 주변이 피바다가 됐다. 그 탓에 나는 핏물을 휘저으며 토비 윅

에게로 돌진하는 그녀의 꼬리밖에 보지 못했다. 나는 그저 토비 윅의 실체

를, 영악한 속임수와 단서로 우리를 여기로 꾀어낸 공포의 실체를 마주한

알렉산드라 선장이 자신에게 주어진 기회는 딱 한 번뿐임을 깨닫고 스스

로 무기가 되어 돌진한 것이라고 짐작할 뿐이다.

토비 윅이 알렉산드라 선장을 향해 두 손을 뻗었다. 그녀를 심연으로

끄집어 올리려고 토비 윅이 그 거대한 몸뚱이를 비틀었다. 토비 윅의 거대

한 손이 알렉산드라 선장의 조그만 등지느러미를 움켜잡았지만 다음 순

간 또다시 울부짖으며 그녀를 놓았다. 아마도 알렉산드라 선장이 무언가

를 그의 몸 깊숙이 찔러 넣은 모양이었다. 코에 쓴 투구인지 아니면 인간들이 그녀의 몸에 남긴 그 녹슨 작살인지는 알 수 없었다.

토비 웍이 다시 양손으로 알렉산드라 선장의 꼬리를 움켜잡은 채 둘은 물속에서 한 몸이 되어 나뒹굴었다. 알렉산드라 선장은 계속해서 토비 웍을 밀어냈고, 토비 웍은 알렉산드라호보다 더 긴 다리를 계속해서 찼다. 알렉산드라 선장이 토비 웍의 몸 안으로 사라지는가 싶더니 또다시 토비 웍이 울부짖으며 그녀를 잡으려고 필사적으로 손을 더듬거렸다.

그때 토비 웍과 내 눈이 마주쳤다.

심해에서 맞서 싸우던 대왕오징어의 눈알보다 훨씬 더 큰 눈, 기괴하게 일그러진 코, 바다를 잘근잘근 씹어 조각내려는 듯 부딪던 이빨.

악마가 나를 바라보고 있었다.

무슨 말로 표현할 수 있을까? 어찌 다 설명할 수 있을까? 그 공포를, 그 힘을…….

아, 아, 아, 수치스럽게도, 당혹스럽게도, 괴롭게도 나는 홀린 듯 이끌렸다. 그 눈을 들여다보는 순간 내 의지가 몸에서 빠져나갔다. 그가 내게로 한 손을 뻗었다. 이번에는 날 낚아채는 대신 가까이 오라며 손가락을 까딱했다.

어쩌라는 거지? 그를 도와 알렉산드라 선장을 죽이라는 건가? 나더러 알아서 다가와 죽으라는 건가? 나는 그때도 알지 못했고 지금도 알지 못한다. 내가 아는 것은 꼬리지느러미가 반쯤 사라진 채로 동료들의 시체가 둥둥 떠다니는 피로 물든 바다에서 내가 비틀거리며 토비 웍의 부름에 응답해 그를 향해 헤엄치기 시작했다는 사실이다. 마치 지금까지 내가 했던 모든 선택이 나를 위한 것이었고 지금 이 선택이 마지막인 것처럼…….

그런데 그때 알렉산드라 선장이 또다시 그를 공격했는지 토비 웍이 경련을 일으켰다. 토비 웍이 손을 뻗었지만 알렉산드라 선장을 꺼내진 못했다.

이제 그의 입에서도 피가 뿜어져 나오고 있었다. 알렉산드라 선장은 끈질기게 그의 몸 안으로 더 깊이, 더 깊이 파고들었고 토비 웍은 고통으로 몸부림쳤다.

그리고 바로 이 지점에서 나는 그들을 놓쳤다. 토비 웍과 알렉산드라 선장은 내게서 차츰차츰 멀어지더니 이내 짙은 피바다 속으로 자취를 감추었다. 나는 쫓아가려고 했지만 꼬리를 다쳐서 빨리 움직일 수가 없었다. 그래도 어떻게든 쫓아가 보려던 나는 피바다 위에 통째로 떠오른 알렉산드라 선장의 가슴지느러미를 보고서야 움직임을 멈추었다.

그게 내가 본 알렉산드라 선장의 마지막이었다.

그게 내가 본 토비 웍의 마지막이었다.

너무나도 순식간에 벌어진 일이라 정신을 차리고 보니 나는 이미 꼬리를 다친 채 텅 빈 바다에 홀로 남겨져 있었다. 예언 따윈 어디에도 없었다.

38

알다시피, 모두가 알다시피 피비린내 나는 물속에서 점
점 더 대담해지는 상어들의 공격을 가까스로 막아 내던 나를 발견한 건 아크투루스 선장이었다. 지금까지도 아크투루스 선장은 알렉산드라 선장에게 '항복'을 외친 일로 비웃음을 사고 있지만 그날 이후 인간과 고래의 전쟁이 끝난 것 또한 사실이다. 평화의 시대가 막을 열었다. 더 이상 우리 고래 무리가 학살당하는 일도, 인간의 배가 난파당하는 일도 일어나지 않았다.

평화는 수십 년째 이어지고 있다. 공식적인 평화 조약이나 종전 선언은 없었다. 단지 소문이 있었을 뿐이다. 소문은 문화를 통제하는 가장 강력한 수단이다. 아무도 아크투루스 선장의 말을 진지하게 듣지 않았을 때조차 소문은 퍼져 나갔다. 나는 아크투루스 선장에게 내 이름을 비밀에 부치겠다는 다짐을 받고서야 무슨 일이 있었는지 이야기해 주었다. 내가 반드시 나서야만 하는 날이 오기 전까지는 내가 이 이야기의 일부라는 사실을 부인할 작정이었다.

그런데 마침내 그날이 왔다.

토비 윅과 알렉산드라 선장의 시체는 영영 발견되지 않았다. 시간이 지나고, 우리 힘이 커지고, 심연의 표면에서 인간과 우리가 서로를 피하면서 오래된 소문은 차츰차츰 시들해졌다.

그리고 마침내 새로운 소문이 돌기 시작했다.

토비 윅이 돌아왔다는 소문이.

어쩌면 토비 윅을 부활시키는 데 필요한 건 소문이 전부였을지도 모른다.

내가 그동안 입을 다물었던 것도 이런 까닭이다. 아크투루스처럼 한번 망신을 당한 선장이 강력한 예언의 주인공이 되기는 힘들다. 그러나 이등 항해사로 승진한 삼등 항해사가 윌렘과 알렉산드라 선장이 죽고 난 뒤 일등 항해사가 되고, 심지어 난파된 배의 선장으로 둔갑하기란? 더욱

157

이 그 고래가 어느 인간의 직업이 제빵사라는 사실을 알아낼 정도로 그와 오랜 시간 대화를 나눠 본 적이 있다면? 그 고래가 엄마도 잃고 꼬리지느러미의 일부도 잃었다면? 그 고래가 악마의 손에 모두가 죽는 광경을 목격했다면?

게다가 악마의 손짓에 거의 넘어갈 뻔한 경험까지 있다면?

아, 그녀의 이름은 예언이 되어 대대손손 전해졌을 것이다. 그녀의 이름은 어떤 미래가 일어날 수밖에 없다고 주장하는 근거가 되었을 것이다. 곳곳에서 예언의 조짐이 나타나고, 뒤늦게 너도나도 그 예언의 조짐이 사실이라 주장했을 것이다.

우리가 어떤 새로운 악마를 창조해 냈을지 누가 알겠는가?

그래서 나는 내 이야기를 들려줄 때를 기다렸다. 지금이 바로 그때다. 소문이 바다를 휩쓸고 바다가 소문으로 들썩이는 요즘 나는 두렵다. 악마가 나타날까 봐, 나타나고 있을까 봐, 이미 나타났을까 봐. 악마의 계략은 당신으로 하여금 악마를 두 눈으로 보고 싶게 만드는 것이다. 그러나 악마는 당신이 그를 두려워할 때만 눈앞에 나타난다. 그리고 그때는 이미 늦다.

이미 너무 늦어 버린 건 아닐까 두렵다. 우리는 악마를 만들어 내지 못해서 안달이다. 전쟁이 다시 시작되는 건 시간문제 아닐까?

그러니 제발 부탁한다. 밧세바라는 이름을 기억해 달라. 밧세바라는 이름을 이 길을 가지 말라는 예언으로 받아들여 달라. 내 이름을 두려움이 우리를 이끄는 곳에서 우리가 만들어 낸 악마가 우리 모두를 죽일 것이라는 경고로 받아들여 달라. 아니면 한 고래와 한 인간이 서로의 이름을 알게 됐을 때 어떤 일이 일어날 수 있는지를 보여 주는 증거로 받아들여 달

라. 고래도 인간의 죽음을 애도할 수 있다. 이런 일이 가능하다면 불가능할 일이 무엇이겠는가?

부디 내 망가진 심장을 기억하고 이 예언을 받아들여 달라. 왜 지금껏 유지해 온 평화의 세월을 내던지려 하는가? 왜 빠르게 헤엄을 치면서까지 당신의 심장을 내 심장처럼 망가뜨리려 하는가?

여기 깊은 바다에서 떼죽음을 당한 고래 무리의 이야기가 있다. 아무도 눈으로 보진 못했으나 모두가 귀로 전해 들은 고래 무리의 이야기가 있다.

여기 새로운 이야기의 시작에 관한 이야기가 있다.

내 이름이 그 이야기가 어떻게 끝날지를 알려 주는 예언이 되길 바란다. 그 이야기의 끝은 영광이 아니라 죽음임을 알려 주는 예언이 되길 바란다.

이 이름을 기억하라. 밧세바라는 이름을 기억하고 평화의 이야기로 전하라.

악마가 어둠 속에 존재하는 것은 사실이나
그중 최악은 우리가 만들어 낸 악마일지니.

이상하고 아름다운 이야기 속
숨겨진 악의 보편성

무채색으로만 그려 낸 거대한 고래 한 마리와 뒤집힌 배 한 척. 그리고 마치 핏줄기처럼 그 중간을 가로지르는 선명한 붉은색. 이 음산하기 그지없는 표지 위로 '바다는 우리의 하늘이었다'라는 수수께끼 같은 제목이 더해지면 도저히 책장을 넘기지 않고는 배길 수 없다.

첫 장을 펼치는 순간 눈에 들어오는 '나를 밧세바라 불러 다오.'라는 첫 문장은 자연스레 '나를 이스마엘이라 불러 다오.'로 시작하는 한 작품을 떠올리게 만든다. 바로 허먼 멜빌이 남긴 불후의 명작 《모비 딕》이다.

《바다는 우리의 하늘이었다》는 현대 청소년 문학의 거장이자 《몬스터 콜스》의 작가 패트릭 네스가 《모비 딕》을 고래의 관점으로 재해석한 소설이다. 고래의 입장에서 바다를 하늘로, 대기를 심연으로 설

정한 것도 기발하지만, 《모비 딕》과 《바다는 우리의 하늘이었다》 두 작품을 절묘하게 평행선상에 놓고 이야기를 풀어 가는 작가의 능력은 절로 감탄을 불러일으킨다.

《모비 딕》에는 흰 고래 '모비 딕'에게 한쪽 다리를 먹힌 뒤로 고래 뼈 의족을 찬 채 복수심에 불타 광기 어린 추격에 나서는 에이하브 선장이 있다. 그리고 《바다는 우리의 하늘이었다》에는 흰 배를 타고 다니는 인간인지 악마인지 모를 '토비 윅'에게 작살을 맞고 이마에 부러진 작살을 꽂은 채 맹목적인 추격을 벌이는 알렉산드라 선장이 등장한다. 이 둘은 누가 봐도 닮아 있다. '모비 딕'과 운율을 이루는 '토비 윅'이라는 이름도 기발하다.

에이하브 선장이 모비 딕을 잡으면 포상으로 주겠다며 돛대에 달아 둔 금화와 알렉산드라 선장이 토비 윅을 잡는 것이 예언이자 숙명임을 강조하며 선창에 감춰 둔 금화 역시 절묘한 대비를 이룬다.

무엇보다 《모비 딕》의 화자 '이스마엘'과 《바다는 우리의 하늘이었다》의 화자 '밧세바'는 둘 다 성경 속에 등장하는 인물로, 소설 속 화자의 정체성을 대변하는 동시에 결말을 암시한다.

히브리어로 '신께서 들으심'이라는 뜻을 지닌 '이스마엘'은 성경 속에서 아브라함과 여종 하갈 사이에서 태어나 후계 구도에서 밀려난 뒤 방랑하는 인물이다. 소설 속에서도 이스마엘은 정처 없이 떠돌다가 우연히 올라탄 포경선이 흰 고래의 공격으로 난파당한 와중에 혼자 살아남아 이 비극을 신께 고하는 인물로 그려진다.

히브리어로 '여자아이'를 뜻하는 '밧세바'는 성경 속에서 다윗 왕과

불륜을 저지르지만 그 결과 솔로몬 왕을 잉태해 훗날 구원자로 등장할 예수를 있게 한 여인이다. 소설 속에서 열여섯 어린 여자 고래로 등장하는 밧세바 역시 수많은 인간을 죽이는 죄를 저지르지만 결국에는 대대손손 전해질 평화의 이름을 자처하는 인물로 그려진다.

그러나 《모비 딕》을 읽지 않았더라도 《바다는 우리의 하늘이었다》는 그 자체로 충분히 읽을 가치가 있다. 특히 패트릭 네스 특유의 적나라하지만 서정적인 문체가 심오하고도 현실적인 주제와 버무려지면서 만들어 내는 어둡고도 아름다운 분위기는 《몬스터 콜스》에 이어 여기서도 그 진가를 여지없이 발휘한다.

《모비 딕》이 고래를 사냥하는 인간의 관점에서 신과 인간 그리고 자연이라는 광범위한 주제를 녹여 낸 방대하고 웅장한 서사시라면 《바다는 우리의 하늘이었다》는 반대로 인간을 사냥하는 고래의 관점에서 악의 보편성이라는 좀 더 구체화된 주제를 담아낸 짧고 강렬한 서사시라고 할 수 있다.

주인공 밧세바는 '모든 인간은 악마'라는 믿음을 강요하는 고래 사회에서 반역은 죽음이라는 두려움을 무릅쓰고 평화를 동경한다. 그래서 인간의 배에서는 고래 사냥을 거부했다는 이유로 선창에 갇혔다가 고래의 배에서는 인간이라는 이유로 포로로 잡혀 돛대에 묶인 드리트리우스와 종을 뛰어넘는 교감을 나눈다. 그러나 떼죽음을 당한 고래 무리 사이에서 어이없게도 스스로 익사를 선택한 새끼 고래의 죽음을 목격한 밧세바는 '악마와 싸우려면 악마가 되어야 하는 건지도 모르지.'라며 회의감을 드러낸다. 그런 밧세바에게 드미트리우스는 이렇게 되묻는다.

"하지만 밧세바, 그 싸움의 끝에는 결국 악마만 남는 거 아니야?"

(본문 99쪽)

밧세바는 악이 공포와 증오로 잉태되고, 맹목적인 믿음으로 합리화되며, 권력으로 강화한다는 사실을 본능적으로 안다. 하지만 인간에 대한 공포와 증오가 역사와 문화 전반에 너무나도 깊이 뿌리박힌 고래 사회에서 나고 자란 밧세바는 그 사실을 입 밖에 내기는커녕 속으로 혼자 인정하기조차 쉽지 않다. 드미트리우스가 밧세바에게 거듭 "넌 네 마음조차 제대로 몰라." 하고 말하는 것도 이런 까닭이다.

소설 속에서 트레져와 윌렘은 맹목적인 믿음이 어떻게 악을 합리화하는지를, 알렉산드라 선장은 권력이 어떻게 악을 강화하는지를 보여 주는 인물이다. 다만 공포와 증오는 모두의 것이다.

밧세바는 최후의 사냥에 나서며 저 멀리서 오늘도 평화로운 일상을 살아가고 있을 다른 고래들을 떠올린다. 인간 사회나 고래 사회나 몸에 피를 묻히는 사냥꾼은 따로 있지만 반-인간 반-고래인 '토비 윅'이라는 실체적인 악마를 만들어 낸 건 결국 서로를 두려워하고 미워한 모든 고래와 모든 인간이었다.

소설은 치열하고 잔혹했던 최후의 사냥에서 홀로 살아남아 악의 보편성과 그 끝은 파멸뿐임을 되새겨 주는 밧세바의 예언으로 끝을 맺는다.

"악마가 어둠 속에 존재하는 것은 사실이나

그중 최악은 우리가 만들어 낸 악마일지니."

(본문 159쪽)

　2019년은 19세기 미국 문학을 대표하는 작가 허먼 멜빌이 탄생한 지 200년 되는 해다.《모비 딕》의 방대한 분량 때문에 선뜻 책장을 펼치길 망설였던 독자라면 이를 반전시킨 기상천외한 이야기 속에 고래에 대한 흥미로운 생물학적 지식과 악의 보편성이라는 심오한 주제를 속도감 있게 담아낸 《바다는 우리의 하늘이었다》를 먼저 읽어 보기를 권한다.

2019년 4월 김지연

아르볼 N 클래식

바다는 우리의 하늘이었다

1판 1쇄 인쇄 2019년 5월 15일 | **1판 1쇄 발행** 2019년 5월 30일

글 패트릭 네스 | **그림** 로비나 카이 | **옮김** 김지연
펴낸이 권준구 | **펴낸곳** (주)지학사
본부장 황홍규 | **편집장** 박미영 | **팀장** 김은영 | **편집** 문지연 김솔지
디자인 이혜리 | **제작** 김현정 이진형 강석준 | **마케팅** 송성만 손정빈 윤솔옥 이승혜
등록 2010년 1월 29일(제313-2010-24호) | **주소** 서울시 마포구 신촌로6길 5
전화 02.330.5297 | **팩스** 02.3141.4488 | **이메일** arbolbooks@naver.com
ISBN 979-11-6204-059-1 43840
잘못된 책은 구입하신 곳에서 바꿔 드립니다.

이 도서의 국립중앙도서관 출판예정도서목록(CIP)은 서지정보유통지원시스템 홈페이지(http://seoji.nl.go.kr)와
국가자료공동목록시스템(http://www.nl.go.kr/kolisnet)에서 이용하실 수 있습니다.(CIP제어번호: CIP2019017649)

And The Ocean Was Our Sky
Text © 2018 Patrick Ness
Illustrations © 2018 Rovina Cai
Published by arrangement with Michelle Kass Associates Ltd., 85 Charing Cross Road,
London WC2H 0AA and Walker Books Limited, London SE11 5HJ.
Korean translation copyright © 2019 by Jihaksa Publishing Co., Ltd.
Korean translation rights arranged with Michelle Kass Associates Ltd., and Walker Books Limited
through KCC(Korea Copyright Center Inc.).

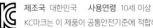 **제조국** 대한민국 **사용연령** 10세 이상
KC마크는 이 제품이 공통안전기준에 적합하였음을 의미합니다.

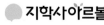 아르볼은 '나무'를 뜻하는 스페인어. 어린이들의 마음에
담긴 씨앗을 알찬 열매로 맺게 하는 나무가 되겠습니다.

홈페이지 www.jihak.co.kr/arb/book | 포스트 post.naver.com/arbolbooks